新潮文庫

美女と野獣

ボーモン夫人
村松　潔訳

美女と野獣◎目次

美女と野獣

La Belle et la Bête et autres contes
par Madame Leprince de Beaumont

シェリー王子の物語

Le Prince Chéri

むかし、とても誠実な人柄だったので、国中の人々からボン（善）王と呼ばれている王様がありました。ある日、この王様が狩りをしているとき、猟犬に殺されかけた小さな白ウサギが腕のなかに飛びこんできました。王様はこのかわいいウサギをそっと撫《な》でて、言いました。

「こいつはわたしの保護を求めてきたのだから、いじめてはならないぞ」

王様はこの小さなウサギを宮殿に連れ帰り、かわいらしい小屋とおいしい草を与えました。夜、王様が寝室でひとりになると、貴婦人が現れました。金銀で飾り立てた服ではなく、雪のように純白なドレスをまとって、髪飾りの代わりに白バラの冠をかぶっていました。ボン王はこの婦人を見て驚きました。寝室のドアが閉まっていたので、どうやって入ってきたのかわからなかったからです。その貴婦人が言いました。

「わたしは仙女カンディード（純真）です。あなたが狩りをしていた森を通りかかったので、あなたが評判どおり善良な人かどうか知りたいと思ったのです。そのため、小さいウサギの姿を借りて、あなたの腕のなかに飛びこみました。というのも、動物に思いやりがある人は人間にはもっとやさしいことをわたしは知っているからです。もしもあなたがわたしを助けることを拒んだら、あなたは意地悪な人だと思ったでしょう。でも、あなたはわたしに親切にしてくれた。そのお礼を言うため、わたしがずっとあなたの味方になることを約束するために来たのです。どんなことでも、わたしに願いさえすれば、かなえてあげましょう」

「マダム」とボン王は言いました。「仙女であるからには、わたしがどんなことを願っているかはお見通しでしょう。わたしには息子がひとりしかおりません。わたしはこの息子をとても愛しており、そのため、人々からシェリー（最愛の）王子と呼ばれるようになったくらいです。わたしに多少でも好意をもっていただけるなら、どうかこの息子の頼もしい味方になっていただきたい」

「喜んで」と仙女は言いました。「わたしはあなたの息子を世界一の男前にすることも、世界一裕福にすることも、世界一の権力者にすることもできます。息子のために好きなものを選びなさい」

「わたしが息子に望むのはそういうことではありません」とボン王は答えました。

「それより、すべての王子のなかでもっとも心やさしい王子になってほしいのです。男前でも、裕福でも、世界中のすべての王国をわがものにしても、性格が悪ければ、それが何になるでしょう？　それでは不幸になるだろうことをあなたはよくご存じのはずです。彼を幸せにできるのは美徳しかないということを」

「たしかにそのとおりです」とカンディードは言った。「けれども、シェリー王子を本人の意志に反してまで心やさしい人間にすることは、わたしにはできません。本人が自分自身で徳の高い人間になる努力をする必要があるのです。わたしに約束できるのは、正しい助言をすること、過《あやま》ちを諫《いさ》めること、本人が行ないを改めて自分を罰しようとしないときには、罰を与えることだけです」

ボン王はこの約束にとても満足し、その後しばらくして亡《な》くなりました。シェリーはその死をおおいに嘆き悲しみました。心の底から父親を愛していたからです。天の定めを変えて、父の命を救えるなら、自分の王国のすべてを、金銀もろとも投げ出したでしょう。ボン王がこの世を去ってから二日後、シェリーが寝ていると、カンディードが現れました。

「わたしはあなたの味方になることをあなたの父親に約束しました」と仙女は言いました。「その約束を守るために贈り物を持ってきたのです」

そう言いながら、シェリーの指に小さな金の指輪をはめて、こう言いました。

「この指輪を大切にしなさい。これはダイヤモンドより貴重なものです。あなたが間違った行ないをするたびに、指をちくちく刺すでしょう。その痛みにもかかわらず、あなたが間違った行ないをつづければ、わたしはあなたの味方ではなくなり、敵にまわることになります」

そう言ってしまうと、カンディードは姿を消し、シェリーはひどく驚かされました。それからしばらくのあいだ、彼はとても行ないがよかったので、指輪はすこしもちくちくしませんでした。本人もそれをとてもうれしく思い、人々はウールー（幸せな）・シェリーと呼ぶようになったくらいでした。

その後、あるとき、彼は狩りに出かけましたが、まったく獲物がとれなかったので、不機嫌になりました。すると指輪がすこし締まったような感触がありましたが、ちくちくはしなかったので、たいして気にはしませんでした。彼が自分の部屋に戻ると、子犬のビビが飛び跳ねるように近づいてきて、じゃれつこうとしたので、彼は言いました。

「退《さ》がりなさい。いまはおまえとじゃれ合っている気分じゃない」

かわいそうな子犬は、そんなことは耳に入らず、服を引っ張って、せめて自分のほうに向かせようとしました。それがシェリーを苛立《いらだ》たせ、彼は子犬を思いきり蹴飛《けと》ばしてしまいました。その瞬間、指輪が針みたいにチクリと刺したので、彼はすっかり恥じ入って部屋の片隅に坐《すわ》りこみましたが、心のなかではこんなふうに考えていました。〈仙女はからかっているにちがいない。うるさくつきまとう動物を蹴ったからといって、どんな大罪を犯したことになるのか？　飼い犬をたたく自由もないのなら、一国の君主でいても何の役に立つというのだろう？〉
「わたしはからかっているわけではありません」と、シェリーの考えに答える声が聞こえました。「あなたはひとつではなく、三つの過ちを犯しました。まず、あなたは不機嫌になりました。あなたは逆らわれるのが嫌いで、人間と動物は自分に従うものだと考えているからです。あなたは怒りだしましたが、これもたいへん悪いことです。それから、なにも悪いことをしていない哀れな動物に残酷な仕打ちをしました。あなたが犬よりはるかに上の存在であることはわかっています。けれども、上に立つ人間が下の者を虐待《ぎゃくたい》するのは分別のある、赦《ゆる》されることでしょうか？　もしもそうなら、わたしはいますぐにでもあなたをたたいたり、殺したりしてもいいはずです。仙女は人間より高位の存在なのですから。王国の主であることのよさは、悪いことを好きなだけできるところにではなく、どんなよいことでも実行できるところにあるのです」

シェリーは自分の過ちを認めて、行ないを改めることを誓いました。けれども、彼はその誓いを守ることができませんでした。幼いころ、愚かな乳母にとても甘やかされて育てられていたからです。欲しいものがあれば、泣いたり、癇癪《かんしゃく》を起こしたり、足をばたつかせたりすれば、なんでもすぐに与えられ、そのためひどく頑固になってしまったのです。おまけに、この乳母は、朝から晩まで、彼に言いつづけました。あなたはいずれ王様になる人で、王様はとても幸せなのだ。だれもが王様を尊敬し、王様には従わなければならず、王様のやりたいことを邪魔するわけにはいかないのだからと。大きくなり、分別がつくようになると、尊大で、傲慢《ごうまん》で、頑迷なほど見苦しいことはないと悟るようになって、ある程度は自分の行ないを改める努力をしました。けれども、幼いころから悪い習慣が身についていると、それを断ち切るのは容易ではありません。シェリーも生まれつきひねくれた性格だったわけではないので、過ちを犯すと後悔して涙を流し、こんなふうに言ったものでした。

「来る日も来る日も自分の怒りっぽさや傲慢さと闘わなければならないなんて、なんと不幸なことだろう。幼いうちにこういう悪癖を直してくれていたら、いまになってこんなに苦労しなくても済んだのに」

指輪が頻繁にちくちくするようになりました。そういうとき、彼はやっていたことをすぐにやめることもあり、そのままつづけてしまうこともありました。不思議なことに、小さな過ちのときはちくりとするだけなのに、ひどく意地の悪いことをすると、指から血が出るほどひどく刺されるのでした。やがて、彼はとうとう我慢ができなくなり、好きなだけ悪いことができるように、指輪を捨ててしまいました。指の痛みから解放されると、彼はとてもいい気分になりました。そして、思いつくかぎりの愚行を重ねたので、性格がひどく歪《ゆが》んで、彼に我慢できる人はひとりもいなくなってしまいました。

ある日、散歩をしているとき、じつに美しい娘を見かけたので、シェリーはこの娘と結婚しようと決心しました。ゼリーという名の、美しいだけでなくとても聡明《そうめい》な娘でした。王妃にしてやると言えば大喜びするにちがいないと思ったのですが、ゼリーは少しも臆《おく》することなく言いました。

「陛下、わたしはただの羊飼いの娘で、なんの財産もありませんが、あなたと結婚するつもりはありません」

「わたしが気にいらないのかね？」と、ちょっと憤慨して、シェリーが訊《き》きました。

「いいえ、王様」とゼリーは答えました。「あなたは見た目のとおり、とてもハンサムだと思います。でも、たとえどんなにハンサムでも、裕福でも、立派な身なりをしていても、すばらしい馬車があったとしても、毎日のように悪いことをするのを見て、あなたを軽蔑《けいべつ》し憎まなければならないとしたら、それが何になるでしょう?」

シェリーは激怒して、ゼリーを力ずくで宮殿に引き立てるように命じました。彼女があらわにした軽蔑心が一日中頭を離れませんでした。それでも、彼女を愛していたので、虐待する決心はつきませんでした。お気にいりの臣下のなかに、シェリーが全幅の信頼を置いている乳兄弟がいましたが、貴族とはいえ生まれも品性も下劣なこの男は、なにかにつけて主人をそそのかし、とんでもない助言をするのでした。シェリーがひどく塞《ふさ》ぎこんでいるのを見ると、この男はその原因を訊《たず》ねました。ゼリーに軽蔑されるのは耐えがたいし、彼女に好かれるには徳のある人間にならなければならないから、自分の欠点を改める決心をした、とシェリーが答えると、この根性の曲がった男は言いました。

「たかが小娘のためにそんな窮屈な思いをする気になるなんて、なんともお人好《ひとよ》しなことです。もしもわたしがあなたの立場なら」とこの男はつづけました。「有無を言わせずに自分に従わせるでしょう。あなたは自分が王様であることをお忘れではないでしょうな。羊飼いの娘など、奴隷《どれい》のひとりに加えてやれば大喜びしなくてはならないのに、そんな小娘ふぜいに従おうとなさるのは恥ずべきことです。パンと水しか与えずに、牢《ろう》に閉じ込めてやりなさい。それでも結婚したがらなければ、あなたには逆らえないことをほかの者たちに教えるためにも、苦しみながら死なせてやればいいのです。あんな小娘に逆らわれたことが世間に知れたら、あなたの名誉は汚《けが》され、すべての臣民はあなたに仕えるために存在するということが忘れられてしまうでしょう」

「しかし」とシェリーは言いました。「無実な者を死なせれば、わたしの名誉に瑕《きず》がつくのではないかね？　結局のところ、ゼリーはなんの罪も犯していないのだから」

「あなたの意志に従うことを拒んだからには、無実だというわけではありません」とこの腹心の友はつづけました。「あなたは間違いを犯そうとしているのではないかと思います。王様への敬意を欠いたり王様に逆らったりすることがときには許されると思いこまれるくらいなら、非難されるほうがずっとま<u>し</u>ではないでしょうか」

追従者《ついしょうしゃ》はシェリーの弱みを見抜いていました。自分の権威が低下することをひどく怖《おそ》れていた王様は、自分の行ないを改めようとするよい心の動きを押し殺してしまい、その夜にも羊飼いの娘の部屋に行って、まだ結婚することを拒むようなら、ひどい目に遭わせてやろうと決心したのです。シェリーの乳兄弟は、よい心の動きがまだ残っている場合を案じて、自分とおなじくらい性格《たち》の悪い貴族の若者を三人呼び集め、乱痴気騒ぎの宴会をひらきました。王様といっしょに食事をしながら、したたか酒を飲ませて、この哀れな王様の理性をすっかり失わせてしまったのです。この席で、ゼリーに対する怒りをあおり立てられ、彼女にあまいことを屈辱的なほど突っこまれると、彼は怒り狂ったかのように立ち上がり、すぐにも彼女を従わせるか、さもなければ、あしたにでも奴隷として売り飛ばしてやると言い放ちました。

シェリーが娘のいた部屋に入っていくと、部屋の鍵《かぎ》は彼のポケットに入っていたにもかかわらず、驚いたことに、娘の姿はありませんでした。彼は恐ろしいほどの憤怒《ふんぬ》に駆られ、すこしでもゼリーの逃亡を助けた疑いのある者には復讐《ふくしゅう》せずにはおかないぞと断言しました。それを聞いた王様の腹心の友たちは、彼の怒りを利用して、シェリーの養育係だった貴族を陥《おとし》れるたくらみを思いつきました。その誠実な貴族は、シェリーをわが子のように愛していたので、ときにはあえて王様の欠点を指摘していたのです。初めのうちはシェリーもそれに感謝していましたが、やがて反論されると苛立つようになり、ほかのだれもが褒めるのに、この養育係が欠点を指摘するのは何でも反対するひねくれ者だからだろうと考えるようになりました。それで、その男には宮廷から身を引くように命じたのですが、そう命じはしたものの、その後も折にふれて、あれは誠実な男だった、いまはもはやわたしの好みではないけれど、尊敬せずにはいられないなどと言っていたのです。腹心の友たちは、いつか王様が気まぐれを起こしてこの養育係を呼び戻すのではないかと心配していたので、彼を遠ざける恰好《かっこう》のチャンスを見つけたと思いました。そこで、シュリマン（これがその立派な男の名前でした）がゼリーを逃がしてやったと自慢している、と王様に言ってやりました。さらに、賄賂《わいろ》で買収された三人の男が、シュリマンがそう言っているのを聞いたと証言しました。すると、怒り心頭に発した王様は、兵士を送って、養育係を犯罪者のように鎖につないで引き立てるよう乳兄弟に命令しました。そのあと、シェリーは自室に戻りましたが、部屋に入ったとたんに、大地が震え、雷鳴がとどろき渡って、カンディードが目の前に現れました。

「わたしはあなたに助言を与え、それに従うことを拒んだら罰を与えることを、あなたの父親に約束しましたが、あなたはその助言を無視して、数々の罪を犯しました。姿は人間の形を保っていても、じつは醜悪な怪物に、天にあっても地にあっても醜悪きわまりない怪物になってしまったのです。いまこそわたしはあなたに罰を与えるという約束を果たさなければなりません。わたしはあなたに獣になる罰を科すことにします。あなたは怒りによってライオンのようなものになり、大食らいによって狼《おおかみ》みたいなものになり、第二の父を苦しませることによって蛇のようなものになり、乱暴狼《ろう》藉《ぜき》によって雄牛のようなものになりました。だから、そういうすべての動物の特徴をそなえた姿になりなさい」

仙女がそう言いおえるやいなや、シェリーは自分の体がたちまち言われたとおりに変化するのを見て愕然《がくぜん》としました。頭はライオンになって、雄牛の角が生え、足は狼の肢《あし》になって、マムシみたいな尻尾《しっぽ》が生えてしまったのです。次の瞬間、彼は大きな森のなかの、泉のほとりにいて、そこには自分の恐ろしい姿が映っており、さらにこんなふうに言う声が聞こえました。

「罪によって自分がどんな姿になり果てたか、じっくりと観察するがいい。おまえの心はその姿形より千倍も醜いものになっているのだぞ」

語気は鋭かったものの、カンディードの声だと悟ったシェリーは、憤怒に駆られて振り向くと、飛びかかってむさぼり食ってやろうとしましたが、そこにはだれの姿も見えず、おなじ声がこう言っただけでした。

「おまえの弱さや憤怒など、わたしにはお笑いぐさでしかない。おまえをおまえ自身の臣下の支配下に追いやって、その傲慢さを打ち砕いてやろう」

泉から遠ざかれば、自分の醜さや奇形は見えなくなり、このわざわいから脱出する方途が見つかるかもしれない、とシェリーは考えました。そして、森のなかを歩きだしましたが、ほんの数歩も行かないうちに、熊《くま》を生け捕るために掘られた落とし穴に落ちてしまいました。と同時に、木の上にひそんでいた狩人《かりうど》たちが下りてくると、彼を鎖につないで、王国の首都に連れていきました。その途中、彼は自分の過ちからこんな罰を招いたことを反省するどころか、仙女を呪《のろ》い、鎖に嚙《か》みつき、激しい怒りに身を震わせるばかりでした。町の近くまで来ると、人々が大喜びしているのがわかりました。何があったのかと狩人たちが訊ねると、人々を苦しめて喜んでいたシェリー王が雷に撃たれて死んだという答えでした。だれもがそう信じていたのです。

「神々は」と人々はつづけました。「王様の行き過ぎた悪事に我慢できなくなって、人々を解放したんだ。王様の犯罪の共犯者だった四人の貴族は、それを利用して、自分たちで王国を分割しようとしたけれど、彼らがよからぬ助言をして王様をおだてて逆上《のぼ》せあがらせたことを知っていた人々は、その四人をやっつけて、性悪なシェリーが亡き者にしようとしていたシュリマンに王冠を捧《ささ》げることにした。この立派な貴族がたったいま王位に就いたところで、わたしたちはこの日を王国の解放記念日として祝っているんだよ。というのも、彼は徳の高い人で、わたしたちに平和と繁栄をもたらしてくれるにちがいないからさ」

この話を聞くと、シェリーは激しい怒りに震えましたが、ため息をつくことしかできませんでした。ところが、宮殿の前の大広場に到着すると、もっと悪い光景が待ちかまえていました。シュリマンが玉座に就き、臣民たちは声をそろえて彼の長寿を祈り、先代の王がもたらした数々の弊害を一掃してほしいと願っていたのです。シュリマンは手を挙げて静まらせると、人々に向かって言いました。

「わたしが玉座に就くことを受けいれたのは、いずれはシェリー王にここに坐っていただくためなのです。みなさんはシェリー王がすでに亡くなったと信じているようですが、わたしは仙女から聞いてそうではないことを知っています。そのうちいつか、初めのころのように徳の高い王様になったあの方がふたたび姿を現すでしょう。悲しいことに」と、彼は涙を流しながらつづけました。「王様は追従者どもにそそのかされたのです。わたしは王様の心を知っています。本来は美徳に向かう心の持ち主なのです。取り巻き連の毒に満ちた入れ知恵がなければ、みなさんの父たるにふさわしい人物になっていたはずです。罪を憎んで人を憎まず、いつか神々がわたしたちに彼を返してくれるよう、みんなで祈りましょう。あの方が国王にふさわしい立派な資質を取り戻してふたたびここに坐る姿を見られるならば、わたしとしては、たとえこの玉座を血で染めることになろうとも、それにまさる幸せはないと思っております」

シュリマンの言葉はシェリーの心を深く揺り動かしました。この男の愛情と忠実さがどんなに真摯《しんし》なものだったかを悟って、彼は初めて自分の罪を後悔したのです。このよい心の動きに耳を傾けると、それまで彼を突き動かしていた憤怒がたちまち鎮《しず》まっていくのを感じました。そして、自分が犯してきたすべての罪を振り返れば、まだそれに値するほど厳しい罰を受けてはいないと思いました。そう思ったので、彼は鎖につながれたまま暴れるのをやめて、羊のようにおとなしくなりました。そして、怪物や獰猛《どうもう》な獣が閉じこめられている大きな納屋《なや》に連れていかれると、ほかの動物といっしょにつながれました。

それまでの過ちをつぐなう決心をしていたので、シェリーはそこの番人にとても従順な態度をとりました。番人はひどく乱暴な男で、この怪物はおとなしかったにもかかわらず、自分の機嫌が悪いと、なんの理由もなしにたたきました。ある日、この男が眠っているとき、鎖を引きちぎった虎《とら》が襲いかかって、男を食い殺そうとしました。自分を迫害する男から解放されるかと思うと、シェリーは初めは喜びましたが、すぐにそういう心の動きを反省して、鎖につながれてなければよかったのにと思いました。「そうすれば」と彼は言いました。「この哀れな男の命を救って、善をもって悪に報いることができるのに」

そう思ったとたんに、見ると、自分の鎖が外れているではありませんか。彼はさっと跳ね起きて、目を覚まして虎と格闘している男に向かって突進しました。怪物の姿を見ると、番人はもはや万事休すだと観念しましたが、一瞬後には、その恐怖は喜びに取って代わられました。この心やさしい怪物は虎に飛びかかって絞め殺すと、自分が命を救ったその男の足下にひれ伏したのです。男は感謝の気持ちでいっぱいになり、自分のためにかけがえのない働きをしてくれた怪物を撫でようとしてかがみこみました。すると、そのとき「よい行ないが報われないことはないのです」という声がして、怪物の姿は消え、そこにはかわいい小犬がいるだけでした。シェリーはこの変身をとても喜んで、しきりに番人にじゃれつきました。番人はこの犬を抱いて王様のところに連れていき、この不思議な事件について報告しました。王妃がこの犬を欲しがったので、自分が人間の王様だったことを忘れられれば、シェリーはこの新しい境遇にすっかり満足したことでしょう。王妃はこの犬をとてもかわいがりましたが、大きくなりすぎるのを警戒して、侍医たちに相談したところ、パンだけを、それも決まった量だけを与えるように言われました。哀れなシェリーは一日の半分は死ぬほどの空腹に悩まされましたが、我慢するしかありませんでした。

ある日、朝食に小さいパンをもらうと、彼はふと宮廷の庭に行って食べようという気になりました。そして、パンをくわえて、少し離れたところにある運河のほうに歩いていきました。ところが、そこにはいつもの運河はなく、その代わりに黄金や宝石で飾り立てた大きな館《やかた》がありました。豪華な身なりをした大勢の男女が出入りして、なかでは唄《うた》ったり踊ったり、大宴会がひらかれているようでした。けれども、館から出てくる人たちは、だれもが蒼白《あおじろ》い顔をして痩《や》せさらばえ、傷だらけで、服はぼろぼろに引き裂かれ、ほとんど裸同然でした。出てきたとたんに、それ以上歩く元気もなく、ばったり倒れて息絶える人もいれば、必死にその場から離れていく人もいます。なかには地面に倒れたまま飢え死にしかけている人もいて、館に入っていく人たちにパンを一切れ恵んでほしいと頼むのですが、だれも振り向こうともしないのでした。草を引きむしって口に入れようとしている娘のそばに行くと、シェリーはとてもかわいそうになって、こう考えました。〈わたしもとてもお腹《なか》が空《す》いているけれど、昼まで食べなくてもべつに飢え死にするわけじゃない。でも、朝食をこの哀れな娘にやれば、彼女の命を救えるかもしれない〉このよい心の動きを実行に移す決心をして、彼が少女の手にパンを載せてやると、少女はむさぼるようにそれを口に入れました。まもなく少女はすっかり元気を取り戻したので、ちょうどいいときに助け船を出せたことを喜んで、シェリーが宮殿に戻ろうとすると、大きな悲鳴が聞こえました。見ると、ゼリーが四人の男に捕まえられて、館に引きずり込まれようとしています。まだ怪物だったらゼリーを助け出せたのに、と彼はたいへん悔しがりましたが、か弱い小犬では人さらいどもに吠《ほ》えかかり、あとについていくことしかできませんでした。それでも、何度足蹴《あしげ》にされ追い払われても、ゼリーがどうなるかを見届けるまでは逃げ出すまいと心に決めました。この美しい娘の不幸は自分にも責任があると思ったからです。〈ああ〉と彼は心のなかで言いました。〈この娘をさらおうとしている者どもにわたしは腹を立てているが、自分もおなじ罪を犯したのではないか？　もしもわたしが暴力をふるおうとしていることを神々が予知しなかったら、わたしもこの娘にひどい仕打ちをしていたのではないか？〉

シェリーのこういう考えは頭上からの物音で中断されました。目を上げると、なんともうれしいことに、館の窓のひとつがひらいてゼリーが姿を現しました。そして、見るからに食欲をそそう、じつに美味《おい》しそうな肉を山盛りにした皿を投げおろしたのです。窓はまたすぐ閉まってしまいましたが、ずっとなにも食べていなかったシェリーは、この機会を逃す手はないだろうと思いました。そして、その肉を食べようとしたとき、先ほど彼がパンを与えた娘が大声で叫びながら、彼を腕のなかに抱き上げました。

「かわいそうなワンちゃん」と娘は言いました。「この肉には絶対さわっちゃいけないわ。この館は〝快楽の館〟と呼ばれていて、この館から出てきたものにはすべてに毒が入っているのよ」

次の瞬間、「わかりましたか、よい行ないが報われないことはないのです」という声が聞こえて、シェリーはたちまちきれいな白い小鳩《こばと》に変身しました。彼はこの色がカンディードの色だったことを思い出し、ようやく仙女の寵愛《ちょうあい》を取り戻せるかもしれないという望みを抱きはじめました。なんとかゼリーに近づく方法はないかと思いながら、空中に飛び上がって、館のまわりを一巡りしてみると、ありがたいことにひとつ開いている窓がありました。そこからなかに入って、館のなかをすっかり飛びまわってみましたが、ゼリーの姿はどこにもありませんでした。失われたものの大きさに絶望感に苛《さいな》まれながらも、ふたたび彼女に会えるまではけっして翼を休めまいと決心しました。そして、それから何日もそこらじゅう飛びまわりましたが、砂漠に差しかかったとき、洞窟《どうくつ》が見えたので、そこに近づいていきました。すると、なんともうれしかったことに、聖なる隠者のそばにゼリーが坐って、質素な食事をしているではありませんか。有頂天になったシェリーは飛んでいって、かわいらしい羊飼いの娘の肩に止まり、しきりに体をこすりつけて彼女に会えた喜びを表現しました。この小さな生き物のやさしさに心を打たれたゼリーは、そっと手で撫でながら、相手には理解できないだろうと思いながらも、そのやさしさを受けいれて、わたしはこの小さな生物を永遠に愛するでしょう、と言いました。

「どうしたんだね、ゼリー？」と隠者が言いました。「誓いを立てたりするなんて」

「それでいいんです、愛らしい羊飼いの娘よ」と、その瞬間に本来の姿を取り戻したシェリーが言いました。「わたしたちが結ばれることにあなたが同意したときこそ、わたしの変身が終わるときだったのです。あなたはわたしを永遠に愛すると誓いました。このわたしの幸せを確かなものにしてください。さもなければ、わたしは自分の守護者、仙女カンディードに、あなたが愛する鳩の姿に戻してくれるように懇願することになるでしょう」

「この娘の心変わりを心配する必要はありません」と、それまで隠者の姿をとって正体を隠していたカンディードが、本来の姿に戻って言いました。「ゼリーは初めて会ったときからあなたを愛していたのです。ただ、あなたの数々の悪行ゆえに、自分の気持ちを隠さざるを得なかったのですが、いまではあなたの心が変わったので、あなたに対する愛情にすっかり身を委《ゆだ》ねられるようになりました。ふたりの結びつきは美徳の上に築かれることになるので、あなたたちは幸せに暮らせるでしょう」

シェリーとゼリーはカンディードの足下に身を投げ出しました。シェリーは仙女の善意にいくら感謝しても足りませんでした。彼がいまや人の道に外れたことを忌《い》み嫌っているのを知ったゼリーはとても喜んで、愛の告白が本物であることを改めて誓いました。

「立ち上がりなさい」と仙女がふたりに言いました。「これからふたりを宮殿に移動させます。みずからの悪行のためにそれに就く資格を失っていた玉座をシェリーに取り戻してやるためです」

仙女がそう言いおえるやいなや、ふたりはシュリマンの部屋におりました。シュリマンは、徳の高い人間になった愛する主人と再会してとても喜び、彼に玉座を譲って、みずからはこのうえなく忠実な臣下になりました。シェリーはゼリーといっしょにその後末永くこの王国を治めました。シェリーは国王としての務めにとても熱心に打ち込んだので、ふたたび指輪をするようになってからも、一度として血が出るほど刺されることはありませんでした。

美女と野獣

La Belle et la Bête

むかし、とても裕福な商人がありました。こどもは六人、男の子が三人と女の子が三人でした。この商人はなかなか才気のある人だったので、こどもたちの教育のためには何事もいとわず、あらゆる種類の家庭教師を付けました。娘たちはとてもきれいでしたが、なかでも末の娘は人が感嘆するほどで、幼いときには、いつも決まってきれいな子《ベル・アンファン》と称《たた》えられ、いつしかベル（美女）と呼ばれるようになりましたが、ふたりの姉にとってはこれが大きな妬《ねた》みの種でした。この末娘は姉たちよりきれいなだけでなく、心根のやさしい娘でもありました。

家が裕福だったので、姉たちはひどくお高くとまり、貴婦人を気取って、ほかの商人の娘たちがやってきても相手にせず、貴族でなければ付き合おうともしませんでした。ふたりは毎日のように舞踏会や観劇や散歩に出かけ、ほとんどいつも読書ばかりしている末娘をばかにしていました。

娘たちがとても裕福なことを知っていたので、何人かの豪商が結婚を申し込みましたが、ふたりの姉は公爵《こうしゃく》か少なくとも伯爵が見つかるまでは絶対に結婚する気はないと答えました。ベル（というのも、すでに言ったように、末娘はそう呼ばれていたので）は、求婚者にはていねいにお礼を言いましたが、自分は結婚するには若すぎるし、まだ何年かは父親のもとで暮らしたいと答えるのでした。

あるとき突然、この商人はほとんどの財産を失って、残されたのは町からかなり遠い小さな別荘だけになりました。一家はその別荘に引っ越さなければならないが、農民みたいに働けば、なんとか生きていけるだろう、と商人は泣きながらこどもたちに言いました。ふたりの姉は、町を離れたくないし、何人か愛人がいるので、たとえ財産がなくなっても喜んで結婚してくれるはずだ、と答えました。けれども、それはお嬢さんたちの勘違いでした。貧しくなったことを知ると、愛人たちはふたりに会おうともしなくなりました。じつは、高慢さゆえに、ふたりはだれからも愛されていなかったのです。「彼女たちを憐《あわ》れむには及ばない、むしろ、高慢の鼻がへし折られていい気味だ、せいぜい羊のお守りをしながら貴婦人を気取るがいい」とまで言われる始末でした。

けれども、同時に、みんなが口をそろえて言いました。「ベルのことは、こんな不幸に襲われてとても残念だと思っている。彼女は貧しい人たちにもとても親切に話しかけてくれたものだった。あんなにやさしくて、あんなに誠実な娘なのに」彼女が一文無しになったにもかかわらず、結婚したいという貴族まで何人か出てきましたが、不幸に見舞われた哀れな父親を見捨てるわけにはいかない、いっしょに田舎に行って父親を慰め、仕事の手伝いをするつもりだ、とベルは答えるのでした。哀れなベルは、財産を失って初めのうちは悲しみましたが、自分にこう言い聞かせました。〈いくら涙を流しても、それで財産が戻ってくるわけじゃない。財産がなくても幸せになれるようにすべきだわ〉

田舎の家に到着すると、商人と三人の息子は土地を耕しはじめました。ベルは朝の四時に起きて、急いで家の掃除をしてから、家族全員の食事の支度をしました。召使いのように働くことには慣れていなかったので、初めのうちはほんとうに苦労しました。しかし、二カ月もすると、体力がついて、つらい仕事のせいでかえってとても健康になりました。自分の仕事が終わると、彼女は読書したり、クラヴサンを弾いたり、糸を紡《つむ》ぎながら唄《うた》をうたったりしました。

それに反して、ふたりの姉は死ぬほど退屈していました。姉たちは朝の十時に起きて、一日中散歩をして、豪華な衣装や付き合っていた人たちのことを懐《なつ》かしんで暇つぶしをしていたのです。「妹を見てごらん」とふたりは言い合っていました。「下品で愚かな心の持ち主なのね。こんな哀れな境遇になっても満足しているなんて」

　心やさしい商人はこの姉たちのようには考えていませんでした。彼はベルのほうが姉たちよりも社交界で輝ける資質に恵まれていることを知っていて、この末娘の美徳や、とりわけ我慢強さに感心していたのです。というのも、姉たちは彼女に家事をいっさい押しつけるだけでは足りずに、四六時中彼女に悪態をついていたからです。

　一家が辺鄙《へんぴ》な田舎で暮らすようになってから一年経《た》ったとき、この商人の商品を積んだ船が無事港に着いたことを知らせる手紙が届きました。この知らせにふたりの姉は逆上《のぼ》せあがって、これでようやく死ぬほど退屈なこの田舎から出ていけると考えました。父親が出かける支度をしているのを見ると、ふたりはドレスや、毛皮の襟巻き《パラティーヌ》や、髪飾りや、そのほかありとあらゆる小物類を買ってきてほしいと頼みましたが、ベルはなにも頼みませんでした。商品が全部売れたとしても、姉たちがねだったものを買うのにはお金が足りないだろうと思ったからです。

「おまえはなにも買ってくれとは言わないのかね?」と父親が訊《き》きました。

「せっかくわたしのことまで考えていただいたので」と彼女は言いました。「わたしはバラを一輪お願いしようと思います。このあたりではバラはまったく咲かないので」

ベルはどうしてもバラが欲しかったわけではありませんが、自分の態度が暗に姉たちの振る舞いを非難することになるのを避けたかったのです。姉たちは、彼女がなにもねだらないのは目立ちたいからだと言いだすにちがいなかったからです。

父親は出発しましたが、現地に到着すると、彼の商品に対して裁判が起こされ、さんざん苦労したあげく、来たときとおなじくらい貧しい状態で帰らなければなりませんでした。家まであと三十マイルのところまで来ると、彼はもうすぐこどもたちの顔が見られるのを早くも楽しみにしていましたが、わが家までには大きな森を通り抜けなければならず、道に迷ってしまいました。激しい雪が降りだして、あまりの強風に二度も馬から落ちる始末でした。夜の帳《とばり》がおりて、このままでは飢えか寒さで死ぬか、遠吠《とおぼ》えが聞こえる狼《おおかみ》の餌食《えじき》になってしまうだろうと思いました。そのとき、木々が立ち並ぶはるか彼方《かなた》に目を凝らすと、大きな明かりが見えましたが、そこまではまだかなり距離がありそうでした。それでも、その方向に歩いていくと、やがてその光は煌々《こうこう》と光り輝く宮殿から出ていることがわかりました。商人は救いの手を差し伸べてくれた神に感謝して、宮殿への道を急ぎました。ところが、たいへん驚いたことに、宮殿の庭には人の気配がありませんでした。彼のあとに付いてきた馬は、入口があいたままの大きな厩舎《きゅうしゃ》を見つけて、なかに入っていきました。なかにはまぐさとオート麦があったので、死ぬほど空腹だったこの哀れな動物は、それに飛びついてむさぼるように食べはじめました。商人は馬を厩舎につないで、館《やかた》のほうへ歩いていきましたが、そこにもだれもいませんでした。それでも、大きな部屋に入っていくと、赤々と火が焚《た》かれており、テーブルには盛りだくさんの肉料理が用意されていましたが、食器は一人分しかありませんでした。雨と雪で骨までずぶ濡《ぬ》れだったので、彼は火に近づいて体を乾かしながら、〈この館の主人や使用人たちは、たぶんそのうち現れるのだろうが、わたしがかってにこうしても許してくれるだろう〉と考えました。それからかなりの時間待ちましたが、時計が十一時を打ってもだれも現れず、彼はとうとう飢えに耐えきれなくなって、鶏肉《とりにく》に手を出すと、ぶるぶる震えながらたちまち平らげてしまいました。すこしワインも飲んで、大胆な気持ちになったので、その部屋を出て、豪華な家具が置かれたいくつもの大広間を通り抜けていきました。いちばん奥には寝室があり、快適そうなベッドがありました。すでに夜半を過ぎていたこともあり、とても疲れていたので、商人は思いきってドアを閉めて、眠ることにしました。

翌日、朝の十時に目を覚ますと、ひどく汚れていた自分の服の代わりにとても清潔な服が置いてあったので、彼は非常に驚きました。〈この宮殿は〉と彼は思いました。

〈わたしの窮状を憐れんだどこかの善良な仙女のものにちがいない〉窓から外を眺めると、もはや雪は見えず、揺りかごのような花畑が目を楽しませてくれました。前の晩に夕食を取った大きな部屋に入っていくと、小さなテーブルにココアが用意されていました。「ありがとうございます、仙女様」と彼は大きな声で言いました。「ご親切に朝食のことまで考えてくださるなんて」

ココアを飲んでしまうと、商人は外に出て馬を取りにいきましたが、バラのトンネルを通り抜けるとき、ベルがバラを欲しがっていたことを思い出して、花がいくつか付いている枝を折りました。すると、その瞬間、大音響がとどろいて、恐ろしい野獣がやってくるのが見えました。あまりにも恐ろしかったので気が遠くなりかけたほどでした。

「恩知らずなやつめ」と、野獣は恐ろしい声で言いました。「わたしの城に迎え入れて命を救ってやったのに、そのお返しに、わたしがこの世界の何よりも愛しているバラを盗もうとするなんて。この過《あやま》ちを償うためには死んでもらうしかないが、神に赦《ゆる》しを乞《こ》うために十五分だけやろう」

商人はその膝《ひざ》にすがりついて、両手を合わせて言いました。「殿下、どうかお許しください。娘のひとりから頼まれたバラを摘むことで、あなたの気分を害することになろうとは想像もしなかったのです」

「わたしは殿下などではない」とその怪物は答えました。「野獣なのだ。わたしはお世辞は大嫌いで、人には考えているとおりのことを言ってほしいと思っている。だから、追従《ついしょう》でわたしの心を動かせるとは思わないことだ。だが、娘があるとおまえは言った。それなら、その娘のひとりが自分の意志でおまえの身代わりに死ぬことを条件に、おまえを許してやろう。さあ、つべこべ言わずに出ていくがいい。娘が身代わりになることを拒んだら、おまえは三月後には戻ってくると誓うんだ」

心やさしい商人は自分の娘をこんなに醜い怪物のために犠牲にするつもりはありませんでした。しかし、〈少なくとも、もう一度娘たちを抱きしめる喜びは味わえる〉と考えたので、戻ってくることを誓いました。すると、野獣はいつでも好きなときに立ち去っていいと言いました。「しかし」と野獣はつづけました。「手ぶらで帰らせるのはわたしの望むところではない。おまえが泊まった寝室に戻るがいい。そこに大きな空の箱があるから、なんでも好きなものを詰めてかまわない。それをおまえの家に運ばせてやろう」

そう言ってしまうと、野獣はその場から引き下がり、商人は〈自分は死ななければならないとしても、哀れなこどもたちのパンを残してやれるのがせめてもの慰めだ〉

と思いました。

夜を過ごした部屋に戻ると、大量の金貨があったので、野獣が言っていた大きな箱にそれをいっぱい詰めこんで、ふたを閉め、厩舎にいた馬を取り戻して、その宮殿に着いたときのうれしさとおなじくらいの悲しみを抱えてそこを出ていきました。馬はひとりでに森のなかの道をたどり、数時間もしないうちに、彼は自分の小さな家に着きました。こどもたちが集まってきましたが、商人はその愛撫《あいぶ》に胸を打たれるどころか、娘たちの顔をじっと見つめながら泣きだしてしまいました。そして、片手に持っていた、ベルのために持ち帰ったバラの枝を彼女に渡しながら、言いました。

「ベル、このバラを受け取りなさい。これはおまえの哀れな父親には非常に高いものにつくことになるだろう」彼は自分が遭遇した不幸なできごとを家族に話しました。それを聞くと、ふたりの姉は大声をあげてベルに悪態をつきましたが、末娘は一粒の涙も流しませんでした。

「この小娘の思い上がりがどんな結果をもたらすか見るがいいわ」と姉たちは言いました。「わたしたちみたいに着飾るものを頼もうとしなかったのはどうしてかしら？もちろん、このお嬢さんは目立ちたかったのよ。しかも、そのせいでお父様が死ななければならないのに、この子は涙を流そうともしないんだから」

「その必要はないからよ」とベルは答えました。「なぜわたしがお父様の死を嘆かなければならないの? 死ぬと決まっているわけでもないのに。怪物は娘を身代わりとして受けいれると言っているんだから、わたしはわが身をその怪物の怒りに委《ゆだ》ねるつもりよ。わたしはとても幸せだわ。自分が死ぬことでお父様の命を救い、お父様への愛情を証明することができるのだもの」

「それはいけない」と三人の兄たちが言いました。「おまえを死なせるわけにはいかない。わたしたちがその怪物のところに行こう。もしもそいつを始末することができなければ、そいつにやられて死んでもいい」

「そんな期待はしないほうがいい、こどもたちよ」と商人は言いました。「この野獣はとてつもない力の持ち主で、こいつを倒せる望みはこれっぽっちもないだろう。ベルのやさしさはうれしいが、この子の命を危険にさらしたくはない。わたしはもう年寄りで、残されている時間は多くはない。わたしが失うのはせいぜい数年に過ぎないし、それを悔やむとしても、それはおまえたちのためでしかないのだから」

「たとえどんなことがあっても」とベルは父親に言いました。「わたしを連れずにお父様をその宮殿に行かせるつもりはありません。わたしを止めることはできないでしょう。わたしは若いかもしれないけれど、人生にはあまり執着していません。お父様を失った悲しみで死ぬくらいなら、その怪物にむさぼり食われたほうがましです」

だれが何と言っても、ベルは飽くまでも宮殿に行くと言って聞きませんでした。姉たちは、美徳の鑑のような末娘を以前からひどく妬んでいたので、それを喜びました。

商人は娘を失う苦しみに心を奪われて、金貨の詰まった箱のことは忘れていました。床に就こうとして自分の寝室に閉じこもったとき、ベッドと壁のあいだにその箱があることに気づきましたが、自分が大金持ちになったことをこどもたちには言わないことにしました。娘たちは町に戻りたいと言いだすに決まっていたし、彼はこの田舎を終《つい》の棲家《すみか》にすることに決めていたからです。ただ、彼はその秘密をベルにだけは打ち明けました。すると、ベルが言うことには、父親の留守中に何人かの貴族が訪ねてきたが、そのうちのふたりが姉たちを愛している。だから、姉たちを結婚させてやってほしいというのでした。彼女はなんともやさしい心の持ち主で、姉たちを愛しており、これまでの意地悪を本心から赦していたのです。ベルが父親といっしょに発《た》ったとき、この心根の腐った姉たちはタマネギで目をこすって泣いているふりをしましたが、兄たちは商人とおなじように本気で涙を流しました。泣かなかったのはベルだけでしたが、それはほかの人たちの苦しみをそれ以上増やしたくなかったからでした。

馬は宮殿への道をたどり、夕方には初めてのときのように煌々と光り輝く宮殿が見えました。馬はひとりで厩舎に向かい、商人は娘といっしょに大広間に入りましたが、そこにはじつに豪華な料理を用意したテーブルがあり、二人分の食器がそろっていました。商人はとても食べる気になれませんでしたが、ベルはなんとか落ち着きを失うまいとして、テーブルに着き、料理に口をつけました。そして、〈こんなご馳走《ちそう》をしてくれるなんて、野獣は食べる前にわたしをよく肥《ふと》らせるつもりなんだろう〉と考えました。食事が終わると、大音響が響きわたり、商人は泣きながら憐れな娘に暇乞《いとまご》いをしました。野獣がやってきたと思ったからです。ベルはその恐ろしい姿を見て、思わず震え上がらずにはいられませんでしたが、できるだけ心を落ち着かせて、自分の意志でここに来たのかと怪物から聞かれると、震えながらそうだと答えました。

「それはけっこう」と野獣は言いました。「わたしはありがたいと思っている。ところで、父親のほうだが、あんたは明日の朝発てばいいが、けっしてここに戻ろうなどという気は起こさないことだ。では、おやすみ、ベル」

「おやすみなさい、野獣さん」と彼女が答えると、野獣はすぐに引き下がりました。

「ああ、娘よ!」と、ベルを抱きしめながら、商人が言いました。「わたしは恐ろしさで半分死にかけている気分だ。どうか、わたしをここに置いていってくれ」

「いいえ、お父様」とベルは断固とした口調で言いました。「お父様はあすの朝ここを発たなければなりません。わたしのことは天に任せるのです。もしかすると、天がわたしを憐れに思ってくれるかもしれません」

ふたりは床に就きましたが、一晩中眠れないのではないかと思っていました。しかし、ベッドに入るやいなや、ふたりとも眠りに落ちてしまいました。眠っているあいだに、ベルの前に貴婦人が現れて、こう言いました。

「ベル、わたしはあなたのやさしさをとてもうれしく思っています。父の身代わりになって自分の命を捧《ささ》げるというよい行ないは、かならず報われることでしょう」

ベルは、目を覚ますとその夢を父親に話しました。それが多少の慰めにはなりましたが、愛《いと》しい娘と別れなければならないときになると、彼は大声で泣き叫ばずにはいられませんでした。

父親が行ってしまうと、ベルは大広間に坐《すわ》りこんで、やはり泣きだしました。それでも、彼女はたいへん勇気のある娘だったので、神様に加護を求めてから、残されたわずかな時間を悲しんでばかりいるのはやめようと決心しました。というのも、彼女はその晩にも野獣に食べられてしまうと信じていたからです。それまですこし散歩をして、この立派な城を見て歩くことにしました。彼女はその美しさには感嘆せずにはいられませんでしたが、なんといっても驚いたのは、あるドアに〈ベルの部屋〉と書かれているのを発見したことでした。すぐにそのドアをあけてみると、それは目もくらむほど豪華な部屋で、なかでもいちばん彼女の目を惹《ひ》いたのは、大きな本棚とクラヴサンといくつかの楽譜でした。

〈わたしを退屈させたくないと思っているのね〉と彼女はつぶやき、それからこう思いました。〈わたしが一日しかここにいないのなら、こんなものを用意したりはしないはずだわ〉そう考えると、すこし元気が出て、本棚をあけてみると、一冊の本に金の文字で〝なんなりとあなたの願いを言い、命じるがいい。あなたはここの女王であり女主人なのだから〟という言葉が刻まれていました。

〈ああ！〉と、彼女はため息をつきました。〈わたしのただひとつの願いは哀れなお父様にもう一度お目にかかること、そして、いまどうしているのかを知ることなのに〉そう心のなかで言ったのです。すると、なんとも驚いたことに、そこにあった大きな鏡に自分の家が映し出され、ひどく悲しい顔をした父親がちょうど帰ってきたところが見えるではありませんか！　姉たちが迎えに出てきましたが、いかにも悲しそうな顔つきをしているにもかかわらず、末の妹がいなくなって喜んでいる本心が顔に出ていました。しばらくすると、すべては消えてしまいましたが、野獣はとても親切で、なにも怖《おそ》れることはないのかもしれないという気がしてきました。お昼になると、食事の用意ができていて、昼食のあいだにはすばらしい音楽が聞こえましたが、人の姿は見えませんでした。夜になって、夕食の席に着こうとすると、野獣が立てる物音が聞こえたので、彼女は震えずにはいられませんでした。

「ベル」とその怪物は言いました。「あなたが夕食を取るのを見ていてもいいかね？」

「ご主人様の思《おぼ》し召すままに」とベルは震えながら答えました。

「いや」と野獣は言いました。「ここにはあなた以外の主人はいない。迷惑なら、立ち去るように言えば、わたしはすぐに出ていくつもりだ。たぶん、わたしをひどく醜いやつだと思っているんだろう、違うかね？」

「たしかにそう思っています」とベルは言いました。「わたしは嘘《うそ》を言うことはできないので……。でも、とてもやさしい方だと思います」

「そのとおりだ」と怪物は言いました。「しかも、醜いだけではなくて、知性もない。わたしは自分が愚かなのをよく知っている」

「自分が愚かだと思っている人は」とベルは答えました。「愚か者ではありません。ほんとうに愚かなら、そんなことはわからないはずですから」

「さあ、食べるがいい、ベル」と怪物は言いました。「そして、あなたの館で退屈しないようにしてほしい。ここにあるものはすべてあなたのものなのだから。あなたが満足してくれないほど悲しいことはない」

「とてもやさしい方なのね」とベルは言いました。「ほんとうに、わたしはあなたの心のやさしさをとてもうれしく思っています。そのことを考えると、あなたがそんなに醜いとは思えなくなるくらいです」

「ああ、もちろん、そうなのだ！」と野獣は答えました。「わたしは心根はやさしいのだが、怪物なのだ」

「あなたより怪物的な人は大勢います」とベルは言いました。「人間の姿をしていても、不実で、腐った、恩知らずな心を隠し持っている人たちが。そんな人たちよりも、こんな姿をしていても、わたしはあなたのほうが好きです」

「もしもわたしに知性があったなら」と野獣は言いました。「ありとあらゆる讃辞《さんじ》をあなたに呈したいところだが、わたしは愚かな怪物でしかない。だから、わたしに言えるのは、ただとてもありがたく思っているということだけだ」

ベルはたっぷりと料理を味わいました。もうほとんど怪物が怖くなくなりかけていましたが、それでも相手にこう訊かれると、死ぬほどの恐怖に震えずにはいられませんでした。

「ベル、わたしの妻になりたくないかね？」

彼女はすぐには答えられませんでした。拒否すれば怪物を激怒させることになるのではないかと怖れたからです。それでも、ブルブル震えながら、彼女は答えました。

「いいえ、野獣さん」

その瞬間、怪物はため息を洩《も》らしましたが、それはヒューというあまりにも恐ろしい音で、宮殿中に響きわたりました。けれども、ベルはまもなく安心しました。野獣が悲しそうに「それでは、失礼するよ、ベル」と言って、何度もあとを振り返りながら、寝室を出ていったからです。

ひとりになると、ベルはこの哀れな野獣に同情せずにはいられませんでした。「ああ!」と彼女は言いました。「あんなにやさしい心の持ち主なのに、あんなに醜いなんて、ほんとうに残念だわ!」

それから三カ月、ベルはかなり落ち着いた気分で暮らしました。毎晩、野獣がやってきて、それなりに良識のあるやり方で、夕食の相手をしましたが、世間で言う才気《エスプリ》を見せることはありませんでした。毎日のように、ベルはこの怪物のやさしさの新しい面を発見しました。見馴《みな》れることでその醜さにも慣れてきて、彼がやってくるのを怖れるどころか、何度も時計を見て、もうすぐ九時になるかどうか確かめるほどでした。野獣はいつもかならずその時間に現れたからです。ベルがつらい思いをしていたのはひとつだけ、怪物が寝に行く前にいつもかならず、自分の妻になりたくないかと尋ね、拒否されると、悲嘆のどん底に突き落とされたような顔をすることでした。ある日、彼女は言いました。

「あなたを見ているとわたしは悲しいんです、野獣さん。あなたと結婚できればいいとは思うんですが、自分の本心をいつわって、いつかそんな日が来るとあなたに信じさせることはできません。ただ、いつまでも友だちではありたいと思っているので、それで我慢してほしいんです」

「そうするしかないだろう」と野獣は答えました。「それはわたしにもわかっている。自分がひどく恐ろしい姿をしていることはわかっているが、あなたをほんとうに愛しているんだ。あなたがここにいてくれるだけでも、わたしはとてもうれしい。だから、あなたがわたしを見捨てることはないと約束してほしい」

ベルはその言葉を聞いて顔を赤らめました。彼女は鏡のなかで父親が彼女を失って死ぬほど悲しんでいるのを見ており、なんとかまた父親に会いたいと思っていました。

「あなたと完全に別れることはないとは約束できます」と彼女は野獣に言いました。「けれども、わたしはどうしても父にもう一度会いたいんです。その喜びを拒まれたら、悲しみで死んでしまうかもしれません」

「あなたを悲しませるくらいなら」と怪物は言いました。「自分が死んだほうがまだましだ。あなたをお父さんのところに送ってやろう。あなたは向こうにとどまればいい。あわれな野獣は悲しみで死んでしまうだろうけど」

「そんなことはできないわ」とベルは泣きながら言いました。「あなたの死を願うにはわたしはあなたを愛おしく思いすぎています。八日後には戻ってくると約束します。姉たちはすでに結婚し、兄たちは出征していることをあなたは見せてくれました。父はひとりぼっちなんです。一週間だけ父といっしょに過ごすことを認めてください」

「では、あしたの朝には向こうに行けるようにしてやろう」と野獣は言いました。「だが、約束を忘れないでほしい。ここに戻りたくなったら、寝るときに指輪をテーブルに置くだけでいいんだからね。では、おやすみ、ベル」

野獣はそう言いながらいつものようにため息をつき、その悲嘆にくれた顔を見て、ベルはとても悲しい気持ちで床に就きました。

朝になって目を覚ますと、彼女は父親の家にいました。ベッドのかたわらにあった鈴を鳴らすと、使用人の女がやってきて、彼女を見て大声をあげました。その叫び声を聞いて商人が駆けつけ、愛しい娘の姿を見ると、あやうく死ぬほど感激しました。ふたりは十五分以上もしっかりと抱き合いました。初めの興奮が冷めると、ベルは起きてから着る服がないことに思い当たりました。ところが、使用人が言うには、隣の部屋に長持ちがあり、ダイヤをちりばめた金色のドレスが詰まっているということでした。ベルはやさしい野獣の心遣いに感謝して、そのうちいちばん慎ましいドレスを選ぶと、残りは姉たちに贈りたいから、しまっておくようにと使用人に言いました。しかし、彼女がそう言ったとたんに長持ちは消えてしまいました。野獣はすべてを彼女が自分のために取っておくことを望んでいるのだろう、と父親が言うと、長持ちはまもなく元の場所にまた現れました。

ベルは衣装を身につけましたが、ふたりの姉にも知らせが行ったので、姉たちが夫と連れだって駆けつけました。姉たちはふたりとも非常に不幸でした。長女はじつにハンサムな貴族と結婚していましたが、この男は自分の美貌《びぼう》にうつつを抜かして、朝から晩までそのことばかり考えており、妻の美しさをばかにしていました。次女は非常に頭のいい男と結婚していましたが、こちらの男はその頭のよさを、妻を初めとしてみんなを怒らせることにしか使おうとしなかったのです。王女のように、輝くばかりの美しさに着飾ったベルを見ると、ふたりの姉は死にそうなほど嘆き悲しみました。ベルがいくら愛撫しても、姉たちの嫉妬心《しっとしん》を抑えることはできず、彼女がどんなに幸せかを話して聞かせると、それはさらにいちだんと掻《か》き立てられただけでした。嫉妬に燃えるふたりの姉は、遠慮なく泣けるように庭に下りていくと、こんなふうに話し合いました。

「ねえ、妹」と長女が言いました。「なんとかしてあの子をここに八日以上とどめておくようにしましょう。そうすれば、ばかな野獣が約束を守らなかったことに腹を立てて、あの子を食べてしまうかもしれないから」

「そのとおりね、姉さん」ともうひとりが言いました。「そのためにはあの子にものすごくやさしくしてやらなくちゃ」

そうと決めると、ふたりは家のなかに戻って、末の妹にとてもやさしくしたので、ベルは泣いて喜びました。八日間が過ぎて、彼女の出発のときが来ると、ふたりの姉が髪を掻きむしって悲しんだので、ベルはもう八日間とどまることを約束しました。

そうしているあいだにも、いまやとても愛おしく思っている哀れな野獣を悲しませることになるので、ベルは自分を責め、もう会えなくなるのではないかと思って苦しみました。父の家に戻ってから十日目の夜、彼女は自分が宮殿の庭にいる夢を見ました。野獣が草の上に倒れていまにも死にそうになり、彼女の忘恩を非難しているのでした。ベルはさっと跳ね起きて、さめざめと涙を流しました。

「あんなにも深い心づかいをしてくれた野獣さんを悲しませるなんて」と彼女は言い

ました。「わたしはとても悪い女なのではないかしら？　あんなに醜いのも、あんなに知性に乏しいのも、彼のせいではないのに。わたしはどうして結婚することを拒んだのかしら？　彼といっしょになれば、姉さんたちより幸せになれそうなのに。ひとりの女を満足させるのは夫の男前のよさでも頭のよさでもなく、性格のよさと美徳と心づかいで、野獣さんはそのすべてを兼ね備えているというのに。わたしは彼を愛しているわけではないけれど、敬意と友情と感謝の気持ちはもっている。だから、彼を不幸にするわけにはいかないわ。そんなことをすれば、自分の恩知らずな行ないを一生後悔することになるでしょう」

そう言うと、ベルは起き上がり、指輪をテーブルの上に置いて、ベッドに戻りました。そして、横になるかならないかのうちに、眠りこんでしまいました。目を覚ますと、自分が野獣の宮殿にいることがわかったので、彼女は喜びました。彼に気にいられるように華やかに着飾って、一日中死ぬほど退屈な思いをしながら、夜の九時を待ちましたが、大時計がその時刻を打っても、野獣は姿を見せませんでした。自分のせいで死んでしまったのではないかと心配になり、大声で名前を呼びながら城じゅうを走りまわりました。絶望的な気分になっていたのです。そこらじゅうを捜しまわったあげく、夢のことを思い出して、庭に走り出し、そのそばで眠っているのを見たことがある運河のほうに行ってみました。すると、哀れな野獣が意識を失って倒れており、死んでいるのかと思いました。顔の恐ろしさも忘れてその体にすがりつくと、まだ心臓が打つ音が聞こえたので、運河から水を汲《く》んで、顔にかけました。すると、野獣は目をひらいて、ベルに言いました。

「あなたは約束を忘れたね。あなたを失った悲しみで、わたしはなにも食べずに死んでいくことにしたんだ。最後にもう一度あなたと会うことができたから、これで満足して死んでいける」

「いいえ、愛しい野獣さん。あなたはけっして死んだりしないわ」とベルは言いました。「あなたは生きて、わたしの夫になるのです。いまこの瞬間から、わたしはあなたの求婚を受けいれて、あなただけのものになることを誓います。ああ、悲しいことに、わたしはあなたには友情しか抱いていないと思っていました。けれども、いま感じているこの苦しみが、あなたに会えずには生きていけないことをわたしに教えてくれたのです」

ベルがこの言葉を口にするやいなや、宮殿が光り輝き、花火が上がり、音楽が流れて、あたり一帯がお祭り騒ぎになりました。しかし、そういう華々しさも彼女の目を長く惹きつけておくことはできませんでした。たったいま命が危険にさらされているのを見て身震いした愛しい野獣を振り返ると、なんとも驚いたことに、野獣の姿は消えており、足下には天使のようにハンサムな王子が横たわっていたからです。王子は彼女に呪《のろ》いを解いてくれたお礼を言いました。たしかにそれは人の目をひくほどの王子ではありましたが、野獣はどこへ行ったのか、と彼女は訊かずにはいられませんでした。

「あなたの足下にいるのがその野獣です」と王子が言いました。「意地悪な仙女に呪いをかけられて、美しい娘がわたしとの結婚を承諾するまで、その姿でいるように宣告されていたのです。自分の知性を示すことも禁じられていたので、その美しい娘はわたしの性格のよさに心を動かされるほどやさしい心の持ち主でなければならなかったのですが、それはこの世界にあなたしかいなかったというわけです。あなたを王妃に迎えても、それだけではまだその恩義に十分報いたことにはならないでしょう」

ベルは驚きながらもうれしく思って、その美しい王子に手を差し伸べ、助け起こしました。そして、ふたりいっしょに宮殿に入っていくと、大広間には彼女の父親と家族全員がそろっていたので、ベルは天にも昇る気持ちでした。夢に現れた貴婦人がみんなをその宮殿に移動させていたのです。

「ベル」と、じつは仙女の女王だったその貴婦人が言いました。「あなたがよい選択をした褒美《ほうび》を受け取りなさい。あなたは美しさや知性より美徳を選んだので、そういうすべての美質を兼ね備えた人といっしょになる資格があります。あなたは立派な王妃になるでしょう。玉座によって損なわれることはないでしょう。それから、そこのふたりのお嬢さん」と仙女はベルのふたりの姉に向かって言いました。「わたしはあなたたちの心を、その底に隠されている悪意をすべて知っています。あなたたちは石像になりなさい。ただし、石のなかに埋もれても意識は保ったままになり、あなたたちは妹の宮殿の入口に立って、ただひたすら彼女の幸せを見守ることになるでしょう。自分の過ちを認めないかぎり、もとの状態には戻れませんが、あなたたちはいつまでも石像のままでいることになるかもしれません。高慢さや怒りっぽさ、貪欲《どんよく》や怠惰を改めるのは不可能なことではありませんが、性格の悪さや嫉妬深さを改めるのはほとんど奇跡に近いことですから」

次の瞬間、仙女が杖《つえ》を一振りすると、大広間にいた全員が王子の王国に移動させられました。王国の人々は喜んで王子を迎え、彼はベルと結婚して、ふたりは完璧《かんぺき》な幸せのうちに末永く暮らしました。というのも、その幸せは美徳の上に築かれたものだったからです。

ファタル王子とフォルチュネ王子の物語

Conte du Prince Fatal et du Prince Fortuné

むかし、完璧《かんぺき》な美しさのふたりの男の子を生んだ王妃がありました。王妃と親しかった仙女がこの王子たちの名付け親《マレーヌ》になり、なんらかの天賦《てんぷ》の素質を授けてくれるように頼まれました。

「長男には」と仙女が言いました。「二十五歳になるまでありとあらゆる不幸を授け、ファタル（宿命的）と名付けることにします」

それを聞くと、王妃は悲鳴をあげ、なんとかその素質を変えてくれるように仙女に懇願しました。

「あなたは自分が何を頼んでいるか知らないのです」と彼女は王妃に言いました。「不幸にならなければ、この子は性悪な人間になってしまいますよ」

王妃はそれ以上はなにも言えず、その代わり、次男の素質は自分に選ばせてほしいと頼みました。

「間違ったものを選んでしまうかもしれませんが」と仙女は答えました。「まあいいでしょう。あなたが選んだものを授けてやることにしましょう」

「わたしの願いは」と王妃は言いました。「彼がやりたいと思ったすべてが常にうまくいくことです。そうすれば、この子は完璧になれるはずですから」

「それは間違いかもしれませんよ」と仙女は言いました。「だから、その素質を二十五歳までに限って授けることにしましょう」

ふたりの幼い王子にはそれぞれ乳母を付けましたが、三日目から長男の乳母は熱を出してしまいました。その代わりの乳母は転んで脚の骨を折り、三人目はファタル王子が乳を飲みはじめるとまもなく、乳が出なくなってしまいました。王子が乳母に不幸をもたらすという噂《うわさ》がひろがって、乳母のなり手がなくなり、だれも彼に近づこうとしなくなりました。お腹《なか》を空《す》かせた哀れなこどもは泣きましたが、同情してくれる人はいませんでした。こどもが大勢いて養うのに苦労している肥《ふと》った農婦が、大金を払ってくれれば面倒をみてもいいと言ったので、ファタル王子が好きになれなかった王と王妃はその女に言いなりの金額を払って、王子をその村に連れていかせました。

フォルチュネ（幸運な）と名付けられた次男の王子は、それとは逆に、とても元気にすくすくと育ち、父親も母親も目に入れても痛くないほどの溺愛《できあい》ぶりで、長男のことなど考えてみようともしませんでした。

長男をあずかった性悪女は、自分の家に着くやいなや、彼が包まれていた豪華な産着《うぶぎ》を引き剝《は》がして、おなじ年頃の自分の息子のひとりに与えました。哀れな王子は粗末なスカートにくるみ、野生動物がうようよいる森に連れていって、食われてしまうがいいと念じながら、三匹の幼いライオンがいる穴に放りこみました。けれども、ライオンの母親は王子を虐待《ぎゃくたい》するどころか、反対に乳を与えたので、彼はとても逞《たくま》しい男の子に育ち、六カ月にもなるとひとりで走りまわるようになりました。一方、農婦が王子の身代わりにした息子は死んでしまったので、王と王妃はファタルを厄介払いできたと信じて喜びました。

ファタルは二歳になるまで森で育ちましたが、ある宮廷貴族が狩りに出かけたとき、獣たちといっしょにいる男の子を発見して驚きました。彼は憐《あわ》れに思い、自分の家に連れて帰りましたが、その後、フォルチュネの遊び相手を探しているという話を聞いて、この子を王妃に紹介しました。

フォルチュネには読み書きを教えるため家庭教師が付けられましたが、教師はけっして王子を泣かせないように指示されました。それを聞きつけた幼い王子は、本を手にするたびにかならず泣いたので、五歳になっても、まだ文字が読めませんでした。

それに反して、ファタルはすでにちゃんと読むことができ、書くこともできるようになっていました。王子を怖がらせて言うことを聞かせるため、教師にはフォルチュネが義務を怠るたびにファタルを鞭打《むちう》つように命じてあったので、ファタル自身はどんなに聞き分けがよくても鞭を逃れられませんでした。しかも、フォルチュネはひどくわがままで意地悪だったので、兄だとは知らずにいつも相手を虐待していました。リンゴやおもちゃを与えられると、フォルチュネは彼の手からそれを奪い取り、話したがれば黙らせ、黙っていたいときにはむりに話をさせました。要するに、ファタルは小さな殉教者みたいなものでしたが、だれも憐れんではくれませんでした。そんなふうにして、ふたりは十歳まで暮らしましたが、王妃は自分の息子の無知にひどく驚かされました。

「わたしは仙女に騙《だま》されたんだわ」と彼女は言いました。「息子がやろうとするすべてがうまくいくようになることを願ったのだから、わが子はどんな王子より知識がゆたかになると思っていたのに」

そのことについて仙女に相談しに行くと、仙女はこう言いました。

「マダム、あなたは息子さんに才能よりもむしろやさしい心を願うべきだったのです。彼は意地悪になることしか望まなかったから、ごらんのとおり、みごとにそうなっただけです」

それだけ言うと、仙女は王妃に背を向けてしまいました。哀れな王妃は、悲嘆にくれて城に戻りました。そして、フォルチュネの行ないを正そうとして叱《しか》りましたが、そんな嫌なことを言うなら、なにも食べないで死んでやる、と王子は言いだしました。すると、王妃はひどく心配して彼を膝《ひざ》に抱き上げ、キスをしてボンボンを与えて、ふだんどおりにちゃんと食べれば、一週間毎日勉強をしなくてもいいと言うのでした。

一方、ファタルは知識とやさしさを兼ね備えた神童でしたが、あまりにも反対されることに慣れていたので、自分の意志というものがなく、ただひたすらフォルチュネの顔色をうかがうばかりでした。けれども、この性悪なこどもは、ファタルのほうが自分より器用なことに苛立《いらだ》って、彼が我慢できず、また、家庭教師たちも主人に気にいられようとして、絶えずファタルをたたくのでした。しまいには、この性悪な王子は、もうファタルの顔は見たくない、彼を城から追い出さないかぎり、自分はなにも食べないと言いだしました。というわけで、ファタルは城から放り出されてしまったのですが、王子の機嫌を損ねることを怖《おそ》れて、だれも彼を家に入れてくれませんでした。季節は冬で、同情した人がくれたひとかけらのパンしか食べるものもなく、彼は木の下で寒さに凍えながら夜を過ごしました。翌朝になると、彼は考えました。〈ぼくはなにもしないでここにいたくはない。戦争に行ける歳《とし》になるまでは、働いて生活していこう。歴史の本のなかで、ただの一兵卒から偉い隊長になった人がいるのを読んだことがある。真面目《まじめ》に努力すれば、もしかすると、ぼくもおなじ幸運にありつけるかもしれない。ぼくには父も母もいないけれど、神様が孤児たちの父なのだ。神様はぼくには乳母としてライオンの母親を与えてくれた。神様に見捨てられることはないだろう〉そう考えると、ファタルは立ち上がって、祈りを捧《ささ》げました。朝と夕べの祈りを欠かしたことはなかったのです。祈りを捧げるとき、彼は目を伏せて、手を合わせ、よそ見をしたりはしませんでした。そこに通りかかった農夫が、一心に祈っているファタルを見て、こう考えました。〈この子は正直な男になるにちがいない。引き取って、羊の番をさせよう。神様もそれを祝福してくれるだろう〉農夫はファタルが祈りを終えるのを待って、声をかけました。

「そこの坊ちゃん、羊の番をしに来る気はないかね？　そうすれば、食事を出して、面倒をみてやるつもりだが」

「お願いします」とファタルは答えました。「できることは何でもしてお手伝いするつもりです」

この農夫は大きな農場の持ち主で、大勢の雇い人がいましたが、彼らは頻繁に主人の目をごまかして盗みをはたらき、妻やこどもたちまで雇い人とおなじことをしている始末でした。ファタルを見ると、彼らは喜びました。「何でもわたしたちの思いどおりにさせられるだろう」

「まだこどもだから」と彼らは言いました。

ある日、妻が彼に言いました。

「坊や、わたしの夫はとてもけちで、わたしには一銭もくれないんだ。だから、羊を一頭盗ませておくれ。狼《おおかみ》にさらわれたと言えばいいんだから」

「マダム」とファタルは答えました。「ぼくは心からあなたのお役に立ちたいと思っていますが、嘘《うそ》をついたり盗みをしたりするくらいなら死んだほうがましです」

「ばかな子だね」とその女は言いました。「おまえがやったなんて、だれにもわかるはずがないのに」

「神様がご存じです、マダム」とファタルは答えました。「神様はすべてをごらんになっていて、嘘つきや盗みをする人たちには罰を与えるんです」

それを聞くと、農夫の妻はファタルに飛びかかって、平手打ちをくわえ、髪を引きちぎろうとしました。ファタルは泣きだし、それを聞きつけた農夫がなぜこの子をたたいているのかと妻に尋ねました。

「まったく」と彼女は言いました。「食いしん坊なガキだよ。今朝、わたしが市場に持っていくつもりだったクリームを一瓶食べちまったんだ」

「なんてこった。食い意地が張っていることほど見苦しいことはないんだぞ」と農夫は言うと、すぐに雇い人を呼んで、ファタルを鞭打つように命じました。哀れなこどもがクリームは食べなかったといくら言っても、農夫はこどもより妻の言うことを信じるのでした。そのあと、彼が羊を連れて草地に出ていくと、農夫の妻が言いました。

「さあ、どうだい！　今度はわたしに羊を一頭くれるかね？」

「そんなことをすれば、ぼくはひどく後悔するでしょう」とファタルは言いました。「ぼくをどんな目に遭わせてもかまいませんが、ぼくに嘘をつかせることはできないでしょう」

この性格《たち》の悪い女は、腹いせに、使用人たち全員を引きこんで、ファタルをいじめさせました。彼は昼も夜も草地に出たままでした。農夫の妻はほかの使用人たちのような食事は与えずに、パンと水を持たせてやるだけで、帰ってくると、家のなかで行なわれていたすべての悪事を彼のせいにしました。彼はこの農夫のところで一年以上過ごしました。土間に寝かされて、ひどい食事しかもらえなかったにもかかわらず、彼は非常に逞しくなり、十三歳になるとすでに十五歳くらいに見えました。しかも、とても忍耐強くなり、まともな理由もなく叱られても、もはや悲しんだりはしなくなりました。

ある日、農場にいたとき、彼は隣国の王が大規模な戦争をしているという噂を聞きました。彼は主人から暇をもらって、兵隊になるために徒歩でその王国に向かい、ある隊長が率いる部隊に志願しました。その隊長は大貴族だったのですが、まるで駕籠《かご》かきみたいに恐ろしく乱暴な男でした。彼は兵士たちをののしり、殴りつけ、王様が食糧や衣料のために与える金額の半分を横取りしていました。このあくどい隊長の下で、ファタルは農場のときよりさらに不幸な目に遭いましたが、十年間の約束で入隊したので、同僚兵士の多くが脱走するのを見ても、その真似《まね》をしようとはせずに、こう言うのでした。

「ぼくは十年間兵役に就くお金をもらっているのだから、その約束を破れば、王様からお金をだまし取ったことになる」

隊長は底意地の悪い男で、ファタルもほかの兵士たち同様にひどい扱いを受けましたが、隊長としての義務はきちんと果たしていたので、ファタルは彼を尊敬せずにはいられませんでした。隊長は彼に買い物を言いつけて金を渡し、自分が田舎に行ったり、友人に食事に招かれたりしたときは、寝室の鍵《かぎ》をファタルに預けるようになりました。この隊長は読書は好きではなかったのですが、訪問客には知的な男だと思わせたかったので、大きな書架をもっていました。この国では、歴史書を読まない士官は無知な愚か者でしかないと思われていたからです。ファタルは、兵士としての務めを終えると、同僚と飲みにいったり遊んだりはせずに、隊長の部屋にこもって偉大な人物の伝記を読み、軍隊の仕事について学んで、やがて、部隊の指揮をとれるまでになりました。

彼が兵士になってから七年経《た》ち、戦場に出ているとき、隊長が六人の兵士を従えて、小さな森を偵察しにいきました。その森のなかに入ると、部下の兵士たちがそっとささやきました。

「おれたちを杖《つえ》でなぐり、おれたちのパンをくすねるこの悪人を殺しちまおうぜ」

そんな悪いことをしてはいけない、とファタルは言いましたが、彼らはそれに耳を貸すどころか、隊長といっしょにおまえも殺してやると言い、五人そろって剣を抜きました。ファタルは隊長の側について、じつにみごとな戦いぶりを見せ、ひとりで四人の兵士を倒しました。彼のおかげで命拾いしたことを悟った隊長は、それまでの数々の悪行の赦《ゆる》しを乞《こ》い、この出来事を王様に報告したので、ファタルは隊長に任命され、王様から多額の報奨金を授けられました。当然のことながら、ファタルの部下になった兵士たちは隊長を殺そうなどとは考えもしませんでした。ファタルは兵士たちをわが子のように愛し、部下の分をピンハネするどころか、彼らが立派に任務を果たすと、自分の給料まで分け与えたからです。兵士たちが怪我《けが》をすれば、手当てをしてやり、自分の不機嫌から部下を咎《とが》め立てすることは一度もありませんでした。

それからしばらくして、大きな戦いがあったとき、全軍の司令官が討ち死にすると、士官や兵士たちは次々に逃げだしました。けれども、ファタルは、臆病風《おくびょうかぜ》に吹かれて逃げ出すよりは武器を手にしたまま死んだほうがまし、だ、と大声で叫びました。すると、部下の兵士たちも、隊長を見殺しにするわけにはいかないと叫びだし、それを聞いて恥じ入ったほかの兵士たちも、ファタルのまわりに集結して、じつに勇敢に戦ったので、敵国の王の息子を捕虜にすることができました。この戦いに勝利したことを知ると、王様はたいそう喜んで、ファタルを全軍の大将に任命し、王妃と王女に紹介しました。ふたりは彼のキスを受けるために手を差し出しましたが、その王女の姿を一目見たとき、ファタルは石のように固まってしまいました。あまりにも美しかったので、正気を失いかねないほどの恋に落ちてしまったのです。そのときほど彼が自分の不幸を痛感したことはありませんでした。なぜなら、自分のような生まれ育ちの人間は立派な王女とは結婚できないと思ったからです。そう思ったので、彼は自分の恋心を悟られないように細心の注意を払いましたが、毎日とてつもない苦しみに耐えなければなりませんでした。その苦しみがさらに耐えがたいものになったのは、フォルチュネが、そのグラシユーズ（優雅）という名の王女の肖像画を見て、恋心を抱き、使者を送って結婚を申しこんだことを知ったときでした。ファタルは悲しみで身を切り裂かれる思いでしたが、フォルチュネが卑劣で、底意地の悪い王子であることを知っていた王女グラシユーズは、父の国王に自分をむりに結婚させないでほしいと必死に頼んだので、王女はまだ結婚する気はないという答えが使者に与えられました。それまでなにひとつ反対されたことのなかったフォルチュネは、王女の返事が伝えられると烈火のごとく怒りだし、息子にはなにひとつ拒めなかった父親は、グラシユーズの父親に宣戦を布告しました。けれども、こちらの国王はあまり心配はしませんでした。というのも、〈ファタルがわが軍の先頭に立っているかぎり、戦いに負ける心配はない〉と信じきっていたからです。

というわけで、国王は大将を呼びにやり、戦争の準備をするように命じました。ところが、ファタルは王の足下に身を投げ出して、自分はフォルチュネの父の王国で生まれたので、その王様を敵にまわすことはできないと言うのでした。グラシユーズの父親はひどく腹を立て、命令に従わなければ死刑にするが、それとは逆に、フォルチユネとの戦いに勝てば、娘と結婚させてやると言いました。グラシユーズを熱烈に愛していた哀れなファタルは、おおいに気をそそられましたが、最後には自分の義務を果たす決心をして、王様にはなにも言わずに宮廷を去り、全財産を捨て去りました。一方、フォルチユネは自軍の先頭に立って戦場に向かいましたが、すこしも運動をしたことのないひ弱な体質だったので、四日目には疲れて病に倒れてしまいました。しかし、フォルチユネのご機嫌取りをしたかった使者が、かつて城から追い出した少年をグラシユーズの父親の宮廷で見かけたことや、グラシユーズの父親が娘を彼に与える約束をしたという噂があることを告げました。それを聞くと、とてつもない怒りに駆られたフォルチユネは、まもなく病気から立ち直って、グラシユーズの父親の王位を奪うために出陣し、ファタルを捕らえた者には大金を与えると約束しました。

殺されることを怖れて自分自身は戦いませんでしたが、それでもフォルチユネは大々的な勝利をおさめ、最後には、敵国の首都を包囲して、総攻撃をかける決断をしました。その前の晩、ファタルが太い鎖につながれて引き立てられてきました。彼を捜し出すためにおびただしい数の追っ手が放たれていたのです。これで腹いせができると喜んだフォルチユネは、攻撃を仕掛ける前に、敵の面前でファタルの首を切り落とすことに決めました。ちょうどその当日、彼は士官たちと大宴会をひらきました。

その日は彼の誕生日で、二十五歳になったところだったのです。包囲された町にいた兵士たちは、ファタルが捕らえられて一時間後に打ち首になることを知ると、命をかけても彼を救い出そうと決心しました。ファタルが大将だったときとてもよくしてくれたことを忘れていなかったのです。彼らは町から出て戦う許可を王様に願い出て、今度は戦いに勝利しました。フォルチュネに授けられていた天賦の素質の期限が切れていたからで、彼は逃げようとしたので殺されました。戦いに勝った兵士たちは、ファタルに走り寄って鎖を外そうとしましたが、そのとき、天空に光り輝く二台の四輪車が現れました。その一台には仙女が乗り、もう一台にはファタルの両親が眠らされたまま乗っていました。四輪車が地上に降りると、両親は目を覚まし、軍隊に取り巻かれているのを見て驚きました。すると、仙女が王妃に向かって声をかけ、ファタルを紹介して言いました。

「マダム、この英雄こそあなたの長男なのですよ。彼が体験した数々の不幸が、乱暴で怒りやすかった性格の欠点を直したのです。それに反して、よい性質をもって生まれたフォルチュネは、甘やかされて救いようのない人間になり、神は彼が長生きすることを許されませんでした。日に日にさらに悪くなるにちがいなかったからです。彼はたったいま命を絶たれました。せめてもの慰めに教えておきますが、彼は自分が国王でないことにうんざりしていて、いまにも父親の玉座を奪い取ろうとしていたのです」

王様と王妃は非常に驚きましたが、ファタルについてはとてもいい噂を聞いていたので、うれしそうに抱きしめました。グラシユーズ王女とその父親は、ファタルの数奇な運命に満足そうに耳を傾けました。ファタルはグラシユーズと結婚しましたが、美徳によって結ばれたふたりだったので、末永くたいそう仲睦《なかむつ》まじく暮らしました。

シャルマン王の物語

Conte du Prince Charmant

むかし、まだ十六歳のときに、父親を亡《な》くした王子がありました。当初はすこし悲しみましたが、まもなく国王になれた喜びでそれも癒《いや》されました。シャルマン（魅力的）という名のこの国王は、生まれつき性格が悪かったわけではないのですが、王侯貴族として育てられ、何でもやりたい放題だったので、そのままではひどく歪《ゆが》んだ性格になりそうでした。すでに、人に誤りを指摘されるとすぐに怒りだすようになり、しかも、国事をおろそかにして自分の楽しみにふけり、とりわけ狩りが大好きで、ほとんど毎日朝から晩まで狩りにうつつを抜かしている有様でした。ふつうはだれもが王子を甘やかすものですが、それでもひとりすぐれた家庭教師がおりました。シャルマンも幼いときにはこの教師が大好きでしたが、国王になってからは、あまりにも道徳的でありすぎると思うようになりました。〈彼の前では自分の気まぐれを思うぞんぶん実行できない〉とシャルマンは考えました。〈国王は国務にすべての時間を捧《ささ》げなければならないと彼は言うが、わたしは自分の楽しみにしか興味がない。たとえなんとも言わなくても、彼はそれを悲しんでいるんだ。わたしに不満を抱いているのは、顔を見ればわかる。こんな窮屈な思いをしたくなければ、彼を遠ざける必要がある〉

翌日、シャルマンは顧問会議を招集して、家庭教師をおおいに褒めたたえ、これまで世話になった褒美《ほうび》として、宮廷から遠く離れたある地方の統治を任せることにすると言い渡しました。そして、家庭教師が出発してしまうと、彼は自分の楽しみに首まで浸《つ》かるようになり、とりわけ大好きな狩りに夢中になりました。

ある日、シャルマンが大きな森のなかにいたとき、雪のように白い牝鹿《めじか》を見つけました。首に金の首輪がかかっていて、国王がそばに近づくと、じっと彼を見つめてから、歩きだしました。

「こいつは殺すんじゃないぞ」とシャルマンは叫びました。

そして、お供の廷臣たちには犬といっしょにその場で待つように言いつけて、牝鹿のあとを付けました。牝鹿は彼を待っているように見えるのですが、すぐそばまで行くと、跳ねるように逃げてしまいます。どうしても捕まえたかったので、なにも考えずにあとを付けていくうちにかなり遠くまで来てしまい、夜の帳《とばり》がおりて、牝鹿の姿を見失ってしまいました。自分がどこにいるのかわからなくなり、彼はとても困惑しました。と、そのとき、ふいに楽器を演奏する音が聞こえましたが、かなり遠くから響いてくるようでした。それでもその快い音色を頼りに歩いていくと、やがて立派な音楽会がひらかれている大きな城にたどり着きました。門番にどんな用件かと訊《たず》ねられたので、国王はそれまでの出来事を説明しました。

「ようこそ」とその男は言いました。「夕食にお招きするため、あなたをお待ちしておりました。白い牝鹿はわたしの女主人のもので、それを放してやるのはいつもお相手を連れてくるためなのです」

そう言って門番が笛を吹くと、松明《たいまつ》を持った数人の使用人が現れて、明々と照らし出された部屋に国王を案内しました。家具はすこしも豪華ではありませんでしたが、すべてが清潔で、みごとに調和がとれ、見ているだけでも楽しいものでした。まもなく城の女主人が現れると、シャルマンはその美しさに目がくらみ、その足下に身を投げ出しましたが、見とれているばかりで口をきくこともできませんでした。

「お立ちください、王様」と彼女は言って、手を差し出しました。「そんなふうに見つめていただけて、わたしは幸せです。とても感じのよさそうな方なので、わたしを孤独から救い出してくださるのがあなたになればと衷心から祈っています。わたしの名前はヴレ＝グロワール（真の輝き）、わたしは不死なのです。世界の初めからこの城に住んでいて、ずっと夫を待っています。大勢の王様たちが会いに来て、だれもが永遠にわたしのそばを離れないと誓いましたが、その誓いを破って、わたしのもっとも残忍な敵のためにわたしを見捨てたのです」

「ああ、美しい王女様」とシャルマンは言いました。「あなたを一目見た以上、だれに忘れることができるでしょう？　わたしはあなたしか愛さないと誓います。そして、いまこの瞬間にも、あなたをわたしの王妃に選びたいと思います」

「そして、わたしはあなたをわたしの王として受けいれます」とヴレ＝グロワールは言いました。「でも、わたしはいますぐには結婚できないのです。これからご紹介しますが、この城にはもうひとり王様がいて、わたしと結婚したいと言っています。もしも自分の思いどおりにできるなら、わたしはあなたを選びたいけれど、それを決めるのはわたしではありません。あなたたちは三年間わたしから離れて暮らさなければなりませんが、そのあいだにふたりのうちわたしにより忠実だった人が選ばれることになるのです」

シャルマンはそれを聞いてひどく悲しみ、ヴレ＝グロワールから紹介されたもうひとりの王様と会うと、さらに悲嘆にくれました。彼はあまりにもハンサムで、あまりにも知的であり、ヴレ＝グロワールがほんとうに愛しているのは彼のほうではないかと思ったからです。その王様はアプソリュ（絶対）という名前で、大きな王国の主でした。ふたりはヴレ＝グロワールといっしょに夕食をとりましたが、朝になって別れるときには、とても悲しみました。それでは三年後に、と言われて、ふたりはいっしょにその城を出ました。それから、森のなかを二百歩も歩かないうちに、ヴレ＝グロワールの城よりはるかに豪華な宮殿が見えました。金、銀、大理石、ダイヤモンドが目もくらむほどに光り輝き、庭園もじつにすばらしかったので、好奇心からふたりはそこに入っていきました。すると、驚いたことに、そこに彼らの王女がいるではありませんか。彼女は衣装を着替えており、前日は花をあしらった純白のドレスだったのに、そのドレスにはダイヤモンドがちりばめられ、髪も飾り立てられていました。

「きのうお目にかけたのはわたしの別荘です」と彼女は言いました。「むかしは気にいっていましたが、ふたりの王様に愛されているとなると、もはやわたしにはふさわしくないと思います。ですから、あそこはもう使わずに、この城であなたがたをお待ちするつもりです。王侯は豪華を好むもので、黄金や宝石はそういう方のためにあるのです。こんなに豪奢《ごうしゃ》な王様を見れば、お国の人たちはもっと敬意を抱くようになるでしょう」

そう言いながら、彼女はふたりを大広間に案内しました。

「では、わたしのお気にいりだった何人かの王様の肖像をお目にかけましょう」と彼女は言いました。「まずこれがアレクサンドロスという方で、結婚してもよかったのですが、若くして亡くなってしまいました。この王様は、ごく少数の部隊で全アジアを荒らしまわり、そこの支配者になりました。わたしを熱狂的に愛していて、わたしに気にいられるために何度も命を懸けたんです。それから、こちらをごらんなさい。ピュロスという名の方で、わたしの夫になりたいがため、自分の王国を出て、ほかの王国を征服しました。彼は生涯奔走しつづけましたが、不運なことに、ひとりの女が投げ落とした瓦《かわら》が頭に当たって亡くなりました。そして、このもうひとりはユリウス・カエサルという名前です。わたしの愛に値する男になりたいがために、彼は十年間もガリアで戦争をつづけ、さらにポンペイウスを打ち破り、ローマを征服しました。わたしの夫になれたかもしれないのに、わたしの助言に従わず、敵を許したせいで、短刀で二十二回も刺されたのです」

王女はほかにもまだ大勢の肖像画を見せました。それから、黄金の皿ですばらしい食事を出したあと、ふたりに旅をつづけるように言いました。その城を出たとき、アプソリュがシャルマンに言いました。

「どうだい、王女様は、きのうよりきょうのほうが衣装も豪華だったし、千倍もすてきだったね。才気もずっとゆたかだったし」

「どうかな」とシャルマンは答えました。「きょうは化粧が濃くて、豪華な衣装のせいもあって、なんだか別人みたいだった。わたしは羊飼いの服を着ていたときのほうが断然好きだな」

ふたりの王はそこで別れて、それぞれの王国に戻りましたが、ふたりとも、愛する女《ひと》に気にいられるためなら、どんなことでもしようと心に決めていました。自分の城に戻ると、シャルマンは幼いころ、家庭教師がヴレ＝グロワールのことを何度も話していたことを思い出して、こう思いました。〈わたしの王女のことを知っているのだから、彼を宮廷に呼び戻したい。そうすれば、彼女に気にいられるためにどうすればいいか教えてくれるだろう〉そこで、伝令係を送って呼びにやり、そのサンセール（真摯《しんし》）という名の家庭教師が到着すると、すぐに執務室に呼びつけて、自分に起こったことを説明しました。善良なサンセールはうれし涙を流しながら、国王に言いました。

「ああ、王様、戻ってくることができてどんなにうれしいことか！　わたしがいなければ、あなたは王女様を失っていたでしょう。言っておかなければならないのは、彼女にはフォース＝グロワール（偽《にせ》の輝き）という名の姉がいることです。この性悪な女はヴレ＝グロワールほど美しくはありませんが、自分の欠点を隠すために化粧をして、ヴレ＝グロワールの城から出てくる王様たちを待ちかまえているのです。妹に似ているので、人は騙《だま》されてしまいます。だれもがヴレ＝グロワールのために努力しているのだと信じながら、じつはこの姉の忠告に従っているので、彼女を失ってしまうのです。フォース＝グロワールを愛した男たちが例外なくみじめな最期《さいご》を遂げたことは、すでにご覧になったはずです。アプソリュ王は彼らとおなじ轍《てつ》を踏み、三十歳までしか生きられないでしょう。しかし、わたしの忠告どおりに行動すれば、あなたは最後には王女様の夫になれるのです。彼女は世界でもっとも偉大な王と結婚するはずなので、そうなれるように努力することです」

「しかし、サンセール」とシャルマンが答えました「それが不可能なことはおまえも知っているじゃないか。わたしの王国がいくら大きくても、臣下たちはひどく無知で、がさつで、彼らを駆り集めて戦争させることなど考えられない。ところが、世界でもっとも偉大な王になるためには、たくさんの戦いに勝利して、多くの町を占領しなければならないのではないかね？」

「ああ、王様」とサンセールは答えました。「わたしがお教えしたことをもうお忘れなんですね。たとえひとつの町と二、三百人の臣民しかもたず、けっして戦争をしないとしても、世界でもっとも偉大な王になれるのです。世界でもっとも正義にかなった、もっとも徳の高い王になりさえすればいいので、それこそヴレ＝グロワール王女を獲得する手段なのです。隣の王国を征服したり、立派な城を築いて豪華な衣装や大量の宝石類を買い入れるため、臣民を抑圧したりする王様は、思い違いをしているだけで、フォース＝グロワール王女しか獲得できないでしょう。しかも、そのときには、彼女は化粧が剝《は》がれ、醜さがあらわになっているはずです。臣民が無知でがさつだと王様は言われましたが、彼らを教育する必要があります。無知や犯罪と戦うこと、そして、自分の趣味に熱中しすぎないことです。そうすれば、偉大な王になり、フォース＝グロワールが肖像を見せたカエサルやピュロスやアレクサンドロスその他の英雄たちを超える征服者になれるでしょう」

シャルマンは家庭教師の忠告に従うことに決めました。そして、親類のひとりに留守中の王国の統治を頼んで、臣民を幸せにするのに必要なすべてを学ぶため、家庭教師と連れだって世界一周の旅に出ました。ある王国で、賢人や知識ゆたかな人を見つけると、彼は言いました。

「わたしといっしょに来てくれるかね？　お礼はたっぷりするつもりだが」

みずからも多くを学び、学識のある人たちをおおぜい集めると、シャルマンは自国に戻って、とても貧しくて無知だった人々の教育を彼らに任せました。それと同時に、大きな町を建設させ、たくさんの船を造らせて、若者には仕事を教え、貧しい病人や老人には食べ物を与えて、争いごとにはみずから裁きをくだし、人々を誠実で満ち足りた人間にしていきました。この仕事には二年間を費やしましたが、それが終わると、彼はサンセールに言いました。

「わたしはそろそろヴレ＝グロワールにふさわしい人間になれたと思うかい？」

「まだひとつ大きな仕事が残っております」と家庭教師は言いました。「王様は臣民たちの至らぬところや自分の怠惰や享楽《きょうらく》的な性向を克服しましたが、まだ憤怒《ふんぬ》の奴隷《どれい》になっています。この最後の敵と闘わなければなりません」

シャルマンはこの最後の欠点を改めるのに大変な苦労をしました。それでも王女を心の底から愛していたので、忍耐心のあるやさしい人間になるために可能な最大限の努力をしたのです。そして、それに成功し、三年経《た》ったので、彼は白い牝鹿を見た森に出かけました。お供をおおぜい連れていくことはせず、サンセールとふたりきりでした。しばらくすると、豪壮な戦車に乗ったアプソリュ王に会いました。戦車には勝利した戦いや占領した町の絵が描かれ、捕虜にした国王たちを奴隷のように鎖につないで、その前を歩かせていました。シャルマンの姿を見ると、アプソリュは彼がやってきたことや彼自身をばかにしました。まもなく、たがいにあまり離れていない、ふたりの姉妹の城が見えてきました。シャルマンは最初の道を行きましたが、それを見て、アプソリュは喜びました。彼が王女だと思っていた女は、今後はもうその城は使わないと言っていたからです。しかし、シャルマンがアプソリュと別れるとすぐに、最初に会ったときとおなじ飾り気のない服をまとった、姉より千倍も美しいヴレ＝グロワール王女が、彼を出迎えました。

「ようこそ、わたしの王様」と彼女は言いました。「わたしの夫にふさわしいのはあなたです。けれども、わたしと姉の違いを教えてくれたお友だちのサンセールさんがいなければ、あなたはけっしてこの幸せを手にできなかったでしょう」

それから、ヴレ＝グロワールは力天使《ヴェルチュ》たちに、シャルマンとの結婚祝賀会の準備をするように言いつけました。シャルマンはこの王女の夫になれる幸せに、天にも昇る気持ちでした。

一方、アプソリュがフォース＝グロワールの城に到着すると、彼女はアプソリュを大歓迎して、すぐに結婚したいと言いだし、彼はそれに同意しました。ところが、この女が妻になったとたんに、近くからよく見ると、白粉《おしろい》や紅を塗りたくってしわを隠そうとしていたにもかかわらず、しわだらけの老婆《ろうば》であることがわかりました。彼女が話をしているとき、義歯をつないでいた金の糸が切れて、何本かの歯が地面に落ちました。騙されていたことにひどく憤激したアプソリュ王は、彼女につかみかかって殴ろうとしましたが、美しい黒髪に手をかけた拍子に、驚いたことに、長い髪が彼の手のなかに残りました。フォース＝グロワールは鬘《かつら》を付けていたのでした。鬘が外れて剝《む》きだしになった頭には髪の毛が十本くらいしかなくて、しかもすべてが白髪でした。アプソリュはこの性悪な醜い女をその場に残して、ヴレ＝グロワールの城に駆けつけましたが、彼女はシャルマンと結婚したところでした。この王女を失った苦しみがあまりにも深かったので、彼は死んでしまい、シャルマンはその不幸を憐《あわ》れみました。

シャルマンはヴレ＝グロワールといっしょに末永く暮らしました。何人かの娘が生まれましたが、ほんとうに母親に似ているのはひとりだけでした。その娘に夫が見つかるまでのあいだ、シャルマンはその子を田舎の城に送り、性悪な伯母が娘の結婚相手を誘惑するのを防ぐために、自分の身に起こったことを書いて本にしました。彼が娘と結婚しようとする王子たちに教えようとしたのは、ヴレ＝グロワールを獲得するためのただひとつの方法は、徳を積んで臣民のためになる国王になる努力をすることであり、それに成功するためには誠実な友人が必要だったということでした。

寡婦《かふ》とふたりの娘の寓話《ぐうわ》

Fable de la veuve et de ses deux filles

むかし、ふたりのとても愛らしい娘のいる、なかなか気立てのいい未亡人がありました。長女はブランシュ（白）、次女はヴェルメイユ（紅）という名前でした。そう名付けられたのは、ひとりは世界一美しい肌の持ち主で、もうひとりは珊瑚《さんご》のような紅色の頰と唇をしていたからでした。ある日、この女がドアのそばで糸を紡《つむ》いでいると、よろよろ歩きの哀れな老婆《ろうば》が杖《つえ》をついて通りかかりました。

「ずいぶん疲れているようだね」と女が老婆に言いました。「腰をおろして、ちょっと休んでいきなさい」

それからすぐに娘たちに椅子《いす》を用意するように言いました。娘たちはふたりとも立ち上がりましたが、ヴェルメイユのほうが姉より速く走っていって、椅子を持ってきました。

「なにか飲みものはどう？」と女が老婆に訊《き》きました。

「喜んでいただくよ」と老婆は答えました。「食べものも悪くないね。なにか食欲の湧《わ》くようなものを出してもらえるのなら」

「出せるものはなんでも出してやるよ」と女は言いました。「わたしは貧しいから、たいしたものはないけれど」

そう言うと、彼女は娘たちにテーブルに着いた老婆の給仕をするように言いつけて、長女には、彼女が自分で植えてとても気にいっているプルーンの木からプルーンをいくつか摘んでくるように言いました。ブランシュは喜んでそうする代わりに、ぶつぶつ不平を言いながら、〈わたしがプルーンの木をあんなに丹精して育てたのは、こんな食いしん坊の老いぼれのためじゃないのに〉と考えました。とはいえ、数個のプルーンを断るわけにもいかなかったので、しぶしぶそれを出しました。

「それから、ヴェルメイユ」と女は二番目の娘に言いました。「おまえにはこのおばあさんに出してやる果物はないね。ブドウはまだ熟していないから」

「そうですね」とヴェルメイユは言いました。「でも、わたしの雌鶏《めんどり》が鳴いています。ちょうど卵を産んだところなんです。もしもマダムがまだ温かいうちにお呑《の》みになりたければ、喜んで差し上げたいと思います」

そう言うと、老婆の答えも待たずに走りだして、卵を取りにいきました。ところが、それを老婆に差し出そうとすると、老婆の姿は消えて、その代わりにひとりの貴婦人が現れ、母親に言いました。

「あなたのふたりの娘さんに、それぞれの美点に応じてご褒美《ほうび》をあげましょう。長女は立派な王妃になり、次女は農婦になるでしょう」そう言ったあと、持っていた杖で家をたたくと、家は消えて、すてきな農家が現れました。

「これがあなたの分です」と彼女はヴェルメイユに言いました。「あなたたちのそれぞれにいちばん好きなものをあげたつもりです」

仙女はそう言いながら立ち去っていきましたが、母親もふたりの娘もしばらくは呆《あっ》気《け》にとられたままでした。それから、農家に入っていくと、家具がきれいに磨かれているので喜びました。椅子は木製でしたが、とてもきれいに磨かれていて、まるで鏡みたいに自分たちの姿が映りました。寝具は雪のように白い亜麻布で、家畜小屋には(去勢)羊が二十頭、おなじ数の雌羊、(去勢)牛が四頭、雌牛が四頭いて、中庭には雌鶏やアヒルや鳩《はと》やそのほかあらゆる動物がおり、花や果樹でいっぱいのすてきな花畑と果樹園がありました。

妹へのこの贈り物を見ても、ブランシュには妬《ねた》む気持ちは起こりませんでした。いつか王妃になれるという喜びで胸がいっぱいだったからです。そのとき、ふいに狩人《かりうど》たちが通る物音が聞こえたので、それを見ようとしてドアのところに出ていくと、彼女の美しさに目を留めた王様が、彼女と結婚しようと決心しました。王妃になったブランシュは妹のヴェルメイユに言いました。

「おまえには農婦のままでいてほしくないわ。いっしょにおいで。大貴族と結婚させてあげるから」

「それはとてもありがたいんですけど、姉さん」とヴェルメイユは答えました。「わたしは田舎での暮らしに慣れているし、ずっとここにいたいんです」

というわけで、ブランシュ王妃は出発しました。彼女は大喜びで、うれしさのあまり幾晩も眠れないくらいでした。初めの数カ月は、美しい衣装や舞踏会や観劇にすっかり夢中になり、ほかのことを考えるゆとりはありませんでした。しかし、やがてそういうすべてに慣れてしまうと、なにをしても楽しいとは思えなくなり、反対に、大きな悩みを抱えるようになりました。宮廷の貴婦人たちは彼女の面前では恭《うやうや》しい態度でしたが、じつは彼女を愛しているわけではなく、こんなふうに言っているのを知ったからです。

「あの百姓の小娘をごらんなさい。すっかり貴婦人を気取っているじゃないの。あんな女と結婚するなんて、王様もずいぶん趣味が悪いのね」

そんなふうに言われると、王様も考えるようになり、ブランシュと結婚したのは間違いだったかもしれないと思うようになりました。そして、彼女への想《おも》いが薄らぐとともに、おおぜいの愛人を抱えました。王様がもはや妻を愛していないのを見て取ると、人々は彼女にすこしも敬意を払わなくなりました。自分の悩みを打ち明けられる友だちがひとりもいなかったので、ブランシュはとても辛《つら》い思いをしました。宮廷では、自分の利益のために友人を裏切ったり、憎んでいる人の面前でいい顔をしたり、すぐに嘘《うそ》をついたりするのが当たり前になっていることを彼女は知りました。しかも、彼女はいつもむずかしい顔をしていなければなりませんでした。王妃は常に威厳のある、厳粛な態度を保たなければならないからです。何人かのこどもを生みましたが、ずっと医師がそばに控えていて、食べるものをすべて調べ、彼女の好物をことごとく取り除いてしまうのです。スープにはまったく塩を入れさせず、散歩をしたくても禁止され、要するに、朝から晩まで反対されつづけるのでした。こどもたちには女家庭教師が付けられ、ひどく間違った育て方をしても、彼女に口を挟む自由はありませんでした。哀れなブランシュは悲嘆のどん底に突き落とされ、ひどく痩《や》せてしまったので、みんなが憐《あわ》れむほどでした。王妃になってからの三年間、妹には会っていませんでした。自分のような地位にある者が農婦に会いにいくのは不名誉になると思ったからです。しかし、鬱《うつ》状態があまりにもひどくなったので、何日か田舎に行って気晴らしをしようと思い立ち、彼女が王様にその許可を願い出ると、しばらくのあいだ厄介払いができると考えた王様は、喜んで許してくれました。

夕方、ヴェルメイユの農場に到着すると、遠くの農家のドアの前で、羊飼いの男や娘たちが心から楽しそうに踊ったり笑ったりしている姿が見えました。

「ああ！」と、王妃はため息をつきながら言いました。「わたしがあの貧しい人たちみたいに楽しんでいた時代はどこに行ってしまったのかしら？　あのころは、だれもそれに文句を付ける人はいなかったのに」

彼女が姿を見せるやいなや、妹が走ってきて抱きつきました。妹がじつに幸せそうで、とてもふくよかな体つきになっていたので、それを見た彼女は涙を流さずにはいられませんでした。ヴェルメイユはなんの財産もない若い農夫と結婚したのですが、自分がもっているものはすべて妻が持参したものだということを片時も忘れないこの男は、何につけても妻の意を汲《く》むやり方をして、感謝の気持ちを表そうとしました。ヴェルメイユの使用人は多くはありませんでしたが、彼女がとてもよくしてやるので、こどもみたいに彼女を慕っていました。隣人たちもみんな彼女を愛していて、だれもがしきりにその気持ちを表そうとしました。お金はあまりありませんでしたが、その必要はなかったのです。というのも、彼女は自分の土地から小麦やワインや油を収穫していたからです。家畜の群れからは乳が取れ、それでバターやチーズを作っていました。羊の毛を紡《つむ》いで、自分はもちろん夫やふたりのこどもたちの着るものも作っていました。みんなすばらしく健康で、労働の時間が終わる夕方には、ありとあらゆる遊技を楽しんでいました。

「ああ！」と王妃は言いました。「王妃にしてくれるなんて、仙女はわたしに悪い贈り物をしてくれたんだわ。豪華な宮殿にはなんの喜びもなく、むしろ田舎の素朴な暮らしにそれがあるのに」

彼女がそう言うと、たちまち仙女が現れました。

「あなたを王妃にしたとき、それがご褒美だとは言いませんでしたよ」と仙女は言いました。「それはあなたへの罰だったのです。あなたがしぶしぶプルーンを出したからです。幸せになるためには、あなたの妹のように、必要なものしかもたず、それ以上のものを欲しがらないようにすべきなのです」

「ああ、マダム」とブランシュは叫びました。「もう十分に罰は受けました。どうかわたしの不幸を終わらせてください」

「それはもう終わっています」と仙女は言いました「もはやあなたを愛していない王

様はたったいまほかの女と結婚しました。あしたにも王様の廷臣たちがもう城に戻るには及ばないという命令書を持ってくるでしょう」

たしかに仙女の言ったとおりになりました。その後、ブランシュは妹のヴェルメイユといっしょにとても楽しく、幸せな日々を送りました。彼女が宮廷のことを思い出すのは、仙女が自分をそこから村に連れ戻してくれたことに感謝するときだけでした。

デジール王子

Le Prince Désir

むかし、ひとりの王女を熱烈に愛している王様がありました。けれども、この王女には魔法がかけられていて、結婚することはできませんでした。どうすればこの王女に愛されるようになるかを知るため、王様が仙女に会いに行くと、仙女が言いました。

「あなたも知っているように、王女は大きな猫を飼っていて、とてもかわいがっていますが、その猫の尻尾《しっぽ》を踏めるくらい敏捷《びんしょう》な人と結婚することになっているのです」

〈それはそんなにむずかしいことではないだろう〉と王様は考えました。尻尾を踏みそこなうどころか、むしろ踏みつぶしてやるぞと心に決めて、王様は仙女のところから戻ってきました。そして、さっそく愛する女《ひと》の城に駆けつけると、猫のミノンが彼を出迎えて、いつもどおり背中を丸めました。王様は足を持ち上げ、尻尾を踏んだつもりでしたが、ミノンがさっと向きを変えたので、床を踏みつけただけでした。それから八日間、なんとかしてこの宿敵の尻尾を踏もうとしましたが、尻尾は絶えずひゅんひゅん動いて、まるでバネ仕掛けになっているようでした。それでも、最後には、運よく居眠りをしているところに出くわして、思いきり尻尾を踏みつけることができました。ミノンはものすごい悲鳴をあげて目を覚ましましたが、次の瞬間にはとつぜん大男に変身して、すさまじい怒りでギラギラ光る目で王様をにらみつけました。
「結婚を封じる魔法を破ったからには、おまえは王女と結婚することになるだろう。だが、この恨みを晴らさずにはおかないぞ。おまえの息子は、自分の鼻が長すぎることを認めるまで、ずっと不幸な目に遭うだろう。そして、もしもこの呪《のろ》いを口にしたら、その瞬間におまえの命はないものと思え」
この魔法使いの大男を見て、王様は恐怖に震えましたが、それでもその脅しをあざ笑わずにはいられませんでした。〈息子の鼻が長すぎるのなら〉と彼は考えました。〈目が見えないか、手がないのでもないかぎり、それが見えるだろうし、手でさわれるだろう〉
魔法使いが姿を消すと、王様は王女に会いに行き、王女は結婚を承諾しました。しかし、彼女との暮らしは長くはつづかず、八カ月後に王様は亡《な》くなりました。そのひと月後、王妃はかわいい王子を生み、デジール（願望）と名づけられました。大きな青い目は世界一美しく、口もとてもかわいらしかったのですが、鼻だけがやけに長く、顔の半分の長さがありました。その長い鼻を見て、王妃は慰めようもないほど悲しみました。けれども、取り巻きの女官たちが、この鼻は見かけほど長いわけではない、これはローマ風の鼻で、歴史上の英雄たちはみんな長い鼻をしているのだと言いました。息子を熱烈に愛していた王妃は、そういう物言いに惑わされ、デジールの顔をずっと見ているうちに、そんなに長い鼻ではないような気がしてきました。

王子はとても気をつかって育てられ、言葉ができるようになると、彼の前ではだれもが鼻の短い人たちの不幸な物語をするようになりました。王子のそばには、鼻がすこしは彼に似ている人しか認めず、宮廷の人たちは、王妃や王子に気にいられようとして、自分のこどもの鼻を日に何回も引っ張って、すこしでも長くしようとしましたが、いくらそうしても、デジール王子と並べられると、彼らの鼻は団子鼻にしか見えませんでした。物心がつく年頃になると、王子には歴史が教えられましたが、偉大な王様や美しい王女の話が出てくると、そういう人たちはみんな鼻が長いことになっていました。彼の寝室には鼻の長い人物の肖像画がたくさんあって、デジールはそういう鼻の長さを完璧《かんぺき》なものとして見ることに慣れていたので、たとえ玉座と引き替えにでも自分の鼻を一ミリでも削りたいとは思わなかったでしょう。

二十歳になって、そろそろ結婚させることを考える年頃になると、人々は王子に何人かの王女の肖像画を見せましたが、彼はミニョンヌ（かわいらしい）王女のそれにすっかり心を奪われてしまいました。この王女は立派な王様の娘で、いくつもの王国を受け継ぐことになっていましたが、そんなことはデジールの念頭にはなく、彼はただその美しさの虜《とりこ》になってしまったのです。彼がじつに魅力的だと思ったこの王女は、しかし、つんと上を向いた小さな鼻をしていて、それがその顔を世界一美しいものにしていたのですが、宮廷の貴族たちは非常に困惑させられることになりました。小さい鼻をばかにすることに慣れていたので、ときにはうっかりその王女の鼻を笑わずにはいられなかったからです。デジールはこの件については冗談を聞き流そうとはせず、ミニョンヌの鼻の悪口を言ったふたりの貴族をただちに宮廷から追放しました。それを見て悟ったほかの貴族たちは態度を改め、なかには、男は鼻が長くなければいい男だとは言えないが、女の美しさはそれとは別で、ギリシャ語のできるある学者から聞いたところによれば、美女クレオパトラはつんと上向きの鼻をしていたそうだなどと言いだす者もいました。王子はこのよい知らせをもたらした男にはすばらしい贈り物をして、ミニョンヌに求婚するために使者を送りました。

この求婚が承諾されると、彼は自分の町から三里以上も離れたところまで彼女を出迎えに行きました。それほど早く会いたくてたまらなかったのです。けれども、彼が王女の手にキスをするために前に進み出たとき、空から魔法使いが降りてきて、目の前から王女をさらっていってしまい、彼は慰めようのない悲嘆にくれました。

デジールはミニョンヌを見つけるまでは自分の王国には戻るまいと決心して、廷臣のお供はひとりも許さずに、ひとりで駿馬《しゅんめ》にまたがり馬勒《ばろく》を付けて、馬に道を選ばせて歩きだしました。馬は広大な平原に出て、一日中歩きつづけましたが、一軒の人家も見えませんでした。主人も馬も死ぬほど空腹でした。夕方ちかくになってようやく明かりの点《つ》いている洞穴が見え、そこに入っていくと、百歳は超えていそうな小柄な老婆《ろうば》がいました。老婆は王子を見るため眼鏡を掛けようとしましたが、鼻が短すぎて、なかなか掛けられませんでした。王子と仙女（老婆は仙女だったのです）は、顔を見合わせて噴き出しながら、ふたり同時に叫びました。

「ああ！　なんて変ちくりんな鼻なんだ！」

「あんたの鼻ほど変じゃないよ」とデジールは仙女に言いました。「しかし、マダム、鼻のことはさておいて、なにか食べものを恵んでいただけないかね？　わたしも、わたしの哀れな馬も腹が減って死にそうなんだが」

「喜んでご馳走《ちそう》するよ」と仙女は言いました。「あんたの鼻は奇妙だけど、あんたはわたしの親友の息子だからね。わたしはあんたの父親の王様を兄弟同様に愛していたんだ。あの王様はとても形のいい鼻をしていたがね」

「わたしの鼻のどこが悪いというのかね？」とデジールが訊《き》きました。

「いや、どこが悪いというわけじゃない」と仙女は答えました。「ただ、肉が付きすぎているのさ。だが、そんなことはどうでもいい。鼻が長すぎたって誠実な人間はいくらでもいるんだから。さっきも言ったように、わたしはあんたの父親の友だちだった。むかしは、彼はよくわたしに会いに来たものだった。むかしと言えば、わたしもむかしは非常にきれいだったんだが、知ってるかね？　彼はよくそう言ったものさ。最後に会ったとき、わたしたちがどんな話をしたか、あんたに語って聞かせたいものだ」

「そうかね、マダム」とデジールは言いました。「食事が済んだら、喜んでその話をうかがおうじゃないか。ただ、考えてほしいのは、お願いだが、わたしが一日中なにも食べていないってことなんだ」

「それはかわいそうに」と仙女は言いました。「そうだった、忘れていたよ。それじゃ、食事を出してやろう。そして、あんたが食べているあいだに、手短に話してやろう。というのも、わたしは長話が大嫌いだからさ。長すぎる舌は長すぎる鼻より我慢ならないからね。そういえば、思い出したが、若いころは、わたしはとても無口だって、みんなが感心したものだった。みんながわたしの母の王妃にそう言ったものさ。というのも、見てのとおり、わたしは大王の娘で、わたしの父親は……」

「あんたの父親も空腹のときにはなにか食べていただろう」と、王子はさえぎって言いました。

「そりゃそうさ、もちろん」と仙女は言いました。「あんたにもすぐ食事を出してやるよ。ただ、わたしが言いたかったのは、わたしの父親は……」

「しかし、わたしは、なにか食べられないうちはなにも聞きたくないんだがね」と、しだいに苛立《いらだ》ちながら、王子は言いました。

それでもこの仙女が頼りだったので、彼は苛立ちを抑えながら言いました。

「あんたの話を聞く楽しさが空腹を忘れさせてくれるのはわかっているが、なにもわからないわたしの馬にはなにか食べるものが必要なんだ」

仙女はこのお世辞に胸を張りました。

「これ以上は待たせないよ」と、下女たちを呼びながら、彼女は言いました。「あんたはなかなか礼儀正しい男だ。その鼻のとてつもない長さにもかかわらず、非常に好感がもてる」

〈こんな老いぼれはわたしの鼻といっしょにくたばるがいい〉と王子は考えていまし

た。〈こいつの鼻に足りない肉をまるでわたしの母が盗んだかのようじゃないか。なにか食べる必要さえなければ、自分は無口だと信じているこのおしゃべりは放っておいて、すぐにでも出ていくんだが。自分の欠点に気づかないなんて、よほどのばかにちがいない。これが王女に生まれつくということなのだろう。取り巻き連がおべっかを使って、無口だと信じこませたのだろう〉王子がそんなふうに考えているあいだに、下女たちが食事の支度をしました。仙女はただしゃべりたいがために、下女たちにあれこれ訊くのですが、王子はそれを見て、とりわけ、下女のなかのひとりが、なににつけても、女主人の慎み深さを褒め立てるのを見て感嘆しました。〈まったく〉と、彼は食べながら思いました。〈ここに来たのはとてもいいことだった。こういう例を見れば、わたしが追従者《ついしょうしゃ》の言うことを聞かなかったのがいかに賢明だったかがよくわかる。そういう連中は恥も外聞もなく誉《ほ》めあげて、わたしたちの欠点に目をつぶらせ、それを完璧なものに変えてしまうのだ。わたしは、しかし、そんな連中にはけっして騙《だま》されないだろう。ありがたいことに、わたしは自分の欠点を知っているからだ〉哀れなデジールは本気でそう信じており、仙女の下女が女主人をばかにしていた――というのも、ときどき後ろを向いて笑っているのが見えたからですが――ように、彼の鼻を褒めた連中が彼を笑いものにしていることには気づいていませんでした。そういうことについてはなにも言わずに、彼は猛烈な勢いで食べました。

「王子様」と、彼が満腹になりかけると、仙女が言いました。「ちょっと横を向いてくれないかね？　あんたの鼻の陰になって、わたしの皿の上にあるものがよく見えないんだ。ああ、そうそう、あんたの父親の話だったな。彼がまだ小さかったころ、わたしはよく宮廷に行ったものだった。しかし、ここにひとりで引きこもるようになってもう四十年にもなる。いまの宮廷はどんな様子なのか、ちょっと話してくれないかね？　貴婦人たちは相変わらず走りまわっているのかね？　あの当時は、おなじ一日のうちに、社交的な集まりに顔を見せたり、芝居に行ったり、散歩をしたり、舞踏会に出たりしていて……。それにしても、あんたの鼻はなんて長いんだ！　何度見ても、馴《な》れることができないよ」

「ほんとうに、マダム」とデジールが答えました。「わたしの鼻のことはいい加減にしてくれないか。わたしの鼻は見たままのとおりだが、それがあんたにとってどうだというんだい？　わたしは満足しているし、もっと短ければよかったとも思っていない。だれだってなるようにしかなれないんだから」

「なあに、それがあんたを悲嘆にくれさせていることはよくわかっているんだよ、哀れなデジール」と仙女は言いました。「しかし、わたしはあんたを悲しませるつもりはなかったんだ。それどころか、わたしはあんたの友だちだし、あんたの役に立ちたいと思っている。それでも、あんたの鼻にはショックを受けずにはいられないが、なるべくその話はしないようにするつもりだし、あんたの鼻が団子鼻だと思えるように努力するつもりさえあるんだよ。実際には、あんたの鼻はまともな鼻なら三つは作れるくらい肉づきがいいんだが」

すでに食事を終えていたデジールは、彼の鼻についての仙女の際限のないおしゃべりについに我慢できなくなり、馬に飛び乗って、出ていってしまいました。王子は旅をつづけましたが、だれもが彼の鼻のことを言うので、みんな頭がおかしいのではないかと思いました。自分の鼻が美しいと言われることにあまりにも慣れていたので、それが長すぎると認めることはできなかったのです。本人の意に反しても彼を助けてやりたいと思った年老いた仙女は、ミニョンヌを水晶の城に閉じこめることを思いついて、その城を彼の行く手に置きました。それを見つけたデジールは喜び勇んで壁を打ち破ろうとしましたが、どうしても壊すことができませんでした。がっかりした彼は、少なくとも王女と話ができないかと思って、城の壁に歩み寄り、王女のほうも内側から水晶の壁に手を近づけました。彼はその手にキスしようとしましたが、顔をどちら側に向けても鼻が邪魔になって口を近づけられませんでした。そのときになって初めて、彼は自分の鼻がとてつもなく長いことに気づき、鼻を手でつまんでわきに寄せました。

「わたしは自分の鼻が長すぎることを認めざるをえない」と彼は言いました。

と、次の瞬間、水晶の城はこなごなに崩れ落ち、ミニョンヌと手をつないだ老女が出てきて、王子に言いました。

「あんたはわたしにいくら感謝しても足りないぞ。わたしがいくら鼻のことを話しても、それが自分のやりたいことの邪魔にならないかぎり、あんたはその欠陥を認めようとしなかった。自尊心がそんなふうに自分の心や体の奇形に目をつぶらせてしまうのだ。理性がいくらそれをあきらかにして見せても、その欠陥が自分の利益に反すると悟るまで、わたしたちはそれを認めようとしないのだ」

デジールの鼻はふつうの長さになりました。彼はこの教訓を肝に銘じて、ミニョンヌと結婚し、その後長年のあいだ彼女といっしょに幸せに暮らしました。

オロールとエーメ

Aurore et Aimée

むかし、娘がふたりいる貴婦人がありました。長女はオロール（曙《あけぼの》）という名前で、輝くばかりに美しく、かなりよい性格でした。次女はエーメ（愛されている）という名で、姉とおなじくらい美しかったのですが、意地が悪く、人に嫌がらせをすることばかり考えていました。母親もやはりとてもきれいでしたが、もうそれほど若くはなく、それが大きな悩みの種でした。オロールは十六歳、エーメはまだ十二歳でしたが、老《ふ》けて見られるのを怖《おそ》れた母親は、みんなに知られている故郷を離れ、長女は田舎にやってしまうことにしました。そんなに大きな娘がいることを知られたくなかったからです。下の娘だけはそばに置くことにして、別の町に引っ越してからは、人々にエーメはまだ十歳で、自分が十五にもならないときに生んだこどもだと吹聴《ふいちょう》しました。

母親は、自分の誤魔化しがばれるのを怖れて、オロールを遠い地方に送ったのですが、この娘を連れていった者は彼女を大きな森のなかに置き去りにしました。少女は疲れて休んでいるうちに眠りこんでしまい、目を覚ますと、自分が森にひとり取り残されたことを悟って、泣きだしました。すでに夜の帳《とばり》が下りかけ、彼女は立ち上がって、森を抜け出そうとしましたが、道が見つかるどころか、ますます奥に迷いこんでしまいました。やがて、ようやく遠くに明かりが見えたので、その方向に歩いていくと、小さな家がありました。オロールがドアをたたくと、羊飼いの女が出てきて、どうしたのかと訊《たず》ねました。

「おばさん」とオロールは言いました。「どうかお願いです。この家に泊まらせてください。森のなかにいたら、狼《おおかみ》に食べられてしまいます」

「喜んで泊めてあげるよ、かわいい娘さん」と羊飼いの女は答えました。「それにしても、どうしてこんな遅くまで森のなかにいたんだい？」

オロールは自分の身の上を打ち明けて、それからこう言いました。

「こんな残酷な母をもつなんて、わたしはなんて不幸なんでしょう。生き延びてこんなにひどい目に遭うくらいなら、生まれたときに死んでしまったほうがよかったんじゃないかしら。こんな惨《みじ》めなことになるなんて、わたしが神様に何をしたというのでしょう？」

「いいかね、娘さん」と羊飼いの女は答えました。「神様にはけっして不平を言うものじゃない。神様は全知全能で、賢明で、あんたを愛しているんだから。あんたを不幸な目に遭わせるのを許したとすれば、それはあんたのためだと信じなければいけない。神様にわが身を委《ゆだ》ね、神様は善人を守ってくださることを、たとえ嫌なことが起こっても、それはかならずしも不幸ではないのだということをしっかり頭に入れておきなさい。わたしの家にいるがいい。わたしが母親代わりになって、自分の娘のようにかわいがってあげよう」

オロールはその申し出を受けいれました。翌日、羊飼いの女が言いました。

「小さな群れをあてがってやるから、番をしておくれ。ただ、退屈するといけないから、かわいい娘よ、糸巻き棒を持っていって、糸を紡《つむ》ぐといい。いい暇つぶしになるよ」

「お母さん」とオロールは答えました。「わたしは貴族の娘なので、手仕事は知らないんです」

「それじゃ、本を持っていくがいい」と羊飼いの女は言いました。

「読書は好きじゃないんです」と、顔を赤らめながら、オロールは答えました。

ちゃんと文字が読めないことをこの仙女に知られるのが恥ずかしかったのです。けれども、やはり事実を認めないわけにはいかなくなって、小さいときには読み書きを学ぼうとせず、大きくなってからは時間がなかったのだと白状しました。

「それじゃ、ずいぶんと忙しかったんだね」と羊飼いの女が言いました。

「そうです、お母さん」とオロールは答えました。「午前中は毎日親しい友だちと散歩をして、お昼のあとは、髪の手入れ、午後は社交の集いに出て、それからオペラやお芝居に行き、夜は舞踏会に行っていました」

「なるほど」と羊飼いの女は言いました。「ずいぶんあれこれと忙しかったんだね。それなら退屈することはなかったろう」

「いいえ、お母さん」とオロールは答えました。「十五分もひとりでいると、ときどきそういうことがあったんですが、わたしは死ぬほど退屈でした。でも、田舎に行ったときはもっとひどくて、なんとか時間をつぶすため、一日中髪を結ったり解《ほど》いたりしていたものでした」

「それじゃ、田舎では幸せじゃなかったのかい？」と羊飼いの女が言いました。

「町でも幸せじゃなかったんです」とオロールは答えました。「賭《か》けごとをすれば、お金を失ったし、社交の集まりに出れば、お友だちの衣装のほうが自分よりすてきに見えて悲しかったし、舞踏会に行けば、自分よりダンスの上手な女《ひと》のあら探しばかりしていたし、結局、ただの一日も悲しみなしに過ごしたことはありませんでした」

「それじゃ、こういう寂しい場所にあんたをお導きになったことで」と羊飼いの女は言いました。「神様に不平を言ったりはしないことだね。実際のところ、神様は喜びより多くの悲しみを取り除いてくれたんだから。しかも、それだけじゃない。人はいつまでも若いわけじゃないから、あんたはゆくゆくはもっと不幸になったはずだ。舞踏会や観劇の時代はすぐに過ぎてしまい、歳《とし》をとっていつまでも社交の集いに出たがれば、若い人たちに笑われるし、踊ることもできなくなり、髪を飾り立てる勇気もなくなってしまう。だから、死ぬほど退屈して、とても不幸になるしかないんだ」

「でも、お母さん」とオロールは言いました。「それでも、ずっとひとりではいられないわ。お相手がいなければ、一日が一年みたいに長く思えるもの」

「そうかね」と羊飼いの女は言いました。「わたしはひとりでここにいるけど、一年が一日みたいに短いと感じているよ。よかったら、けっして退屈しないで済む秘密を教えてやろうかね」

「お願いします」とオロールは言った。「やるべきだと思うことはなんでもわたしに言いつけてください。わたしはそれに従うつもりです」

羊飼いの女はオロールの熱意に応《こた》えて、一枚の紙片にやるべきことを書き出しました。一日はお祈りと読書と仕事と散歩の時間に分けられていました。この森には時計がなかったので、オロールには時刻がわかりませんでしたが、羊飼いの女は太陽の位置から時刻を知ることができ、お昼にしようとオロールに言いました。

「お母さん」とこの美しい娘は羊飼いの女に言いました。「ずいぶん早くお昼にするんですね。まだ起きてからあまり時間が経《た》っていないのに」

「でも、もう二時なんだよ」と羊飼いの女は笑みを浮かべながら言いました。「起きてからもう五時間も経ってるんだ。いいかね、有益なことをしていると、時間はとても速く経って、退屈している暇はないものなんだ」

オロールは、退屈しないで済むことがうれしくて、熱心に読書や仕事に打ち込みました。そして、そんなふうに田舎でいろんなことをするほうが町にいるよりも千倍も幸せだと思いました。

「神様はすべてをわたしたちのためにしてくださっていることがよくわかりました」と彼女は羊飼いの女に言いました。「もしも母がわたしに不公平で、残酷でなかったら、わたしは無知のままだったでしょうし、虚栄心や怠惰や人に好かれたいという気持ちから、わたしは意地の悪い、不幸な女になっていたでしょう」

オロールが羊飼いの女の家に来てから一年経ったとき、彼女が羊の番をしている森に王様の弟が狩りに来ました。アンジェニュ（天真爛漫《らんまん》）という名前の、世界一心やさしい王弟《おうてい》でした。しかし、兄のフルバンという王様は弟にはすこしも似ておらず、隣人を騙《だま》したり、臣下をいじめたりするのが唯一《ゆいいつ》の楽しみでした。アンジェニュはオロールの美しさに魅せられて、自分と結婚してくれたらとても幸せだと言いました。オロールは、とても感じのいい人だとは思いましたが、貞淑な娘はこういう甘言を弄《ろう》する男に耳を貸すべきではないことを知っていました。

「ムッシュー」と彼女はアンジェニュに言いました。「あなたが本気でそうおっしゃっているのなら、わたしの母に会いに行ってください。母は羊飼いで、向こうに見えるあの小さな家に住んでいます。もしも母があなたをわたしの夫にすることを望むのなら、わたしもそれを望みます。母はとても賢明で思慮深いので、わたしはいつも従うことにしているのです」

「美しい娘さんよ」とアンジェニュは答えました。「わたしは喜んであなたのお母さんに結婚の許可を求めに行くつもりです。けれども、わたしはあなたの意志に反してまで結婚したいとは思いません。お母さんがあなたをわたしの妻にすることに同意したら、あなたは悲しむことになるのかもしれません。あなたを苦しめるくらいならわたしは死んだほうがましです」

「そんなふうに考えるのは徳のあるお方です」とオロールは言いました。「徳の高い方といっしょになる娘が不幸になることはないでしょう」

アンジェニュはオロールをその場に残して、羊飼いの女に会いに行きました。彼が徳の高い人間であることを知っていた羊飼いの女は、喜んで結婚を承諾しました。アンジェニュは、三日後に彼女とオロールに会いに来ることを約束して、真剣であるしるしに自分の指輪を渡してから、天にも昇る気持ちで帰っていきました。そのあいだ、オロールは小さな家に帰りたくてうずうずしていました。アンジェニュはとてもいい人だと思えたので、自分が母と呼ぶ人が結婚に反対することを怖れていたのです。けれども、羊飼いの女は言いました。

「わたしが結婚を認めたのはアンジェニュが王族だからじゃないんだよ。彼がこのうえなくまっすぐな性格の男だからさ」

オロールはこの王弟が戻ってくるのを気もそぞろに待っていましたが、彼が帰ってから二日目に、羊の群れを連れて帰ってくる途中、運悪く転んでイバラの茂みのなかに倒れこみ、顔中に引っ掻《か》き傷をつくってしまいました。小川に顔を映してみると、ぞっとしたことに、顔中が血だらけでした。

「わたしはなんて不幸なんでしょう」と、家に戻ると、彼女は羊飼いの女に言いました。「アンジェニュがあした来るというのに、こんな恐ろしい顔になっているのを見たら、愛想を尽かされてしまうわ」

羊飼いの女は笑みを浮かべて言いました。

「神様が転ぶことを許したんだから、それはたぶんあんたのためになることなんだよ。というのも、神様はあんたを愛していて、あんたにとって何がいいことかをあんたよりよく知っているんだから」

オロールは自分の過《あやま》ちを認めました。なぜなら、それは神様の意志に不満を抱くことだったからです。そして、彼女は考えました。〈わたしがきれいでなくなったからといって、アンジェニュが結婚したがらないのなら、いっしょになっても不幸になったにちがいないわ〉そのあいだにも、羊飼いの女は彼女の顔を洗って、刺さっていた棘《とげ》を抜いてやりました。

翌朝、オロールは恐ろしい顔になっていました。顔中がひどく腫《は》れあがり、目がどこにあるかわからないくらいでした。午前十時ごろ、四輪馬車が家の前に停まる物音が聞こえました。見ると、馬車を降り立ったのはアンジェニュではなく、王様のフルバンでした。アンジェニュの狩りのお供をしていた廷臣のひとりが王様に、弟が世に稀《まれ》なほど美しい娘と知り合って、結婚したがっていると報告していたのです。

「わたしの許可なしに結婚したがるとはふてぶてしいやつだ」とフルバンは弟に言い

ました。「罰として、その娘がほんとうに人が言うほど美しいのなら、わたしがその娘と結婚してやる」

フルバンは、羊飼いの女の家に入っていくと、娘はどこにいるのかと訊《き》きました。

「ここにおります」と、羊飼いの女はオロールを指して答えました。

「何だって！ ここにいる怪物か！」と王様は言いました。「弟が指輪を与えた別の娘がいるんじゃないか？」

「指輪はここに、わたしの指にあります」とオロールが答えました。

それを聞くと、王様は大声で笑いだして言いました。

「弟がこんなに趣味が悪いとは思わなかった。しかし、あいつを罰してやれるのはなんとも愉快だ」

そう言うと、彼はオロールの頭にヴェールをかぶせるように羊飼いの女に命じて、アンジェニュを呼びにやると、弟に向かって言いました。

「弟よ、おまえは美しいオロールを愛していると言うのだから、いますぐ結婚するがいい」

「でも、わたしはだれも騙したくはありません」とオロールが言って、ヴェールを脱ぎました。「わたしの顔を見てください、アンジェニュ。三日前からとても恐ろしい顔になりました。それでもまだわたしと結婚したいとお思いですか？」

「わたしの目には、あなたはかつてないほど愛《いと》おしい女《ひと》に見えます」と王弟は言いました。「というのも、あなたは思っていた以上に徳のある女《ひと》だとわかったからです」

そう言って、彼がオロールとの結婚に同意すると、フルバンは心から愉快そうに笑いました。彼はふたりにただちに結婚するように命じましたが、そのあとでアンジェニュに言いました。

「わたしは怪物は嫌いだから、おまえは妻といっしょにこの小屋に住むがいい。彼女を宮廷に連れてくることは禁止する」

そう言うと、彼は馬車に乗りこみ、大喜びのアンジェニュをあとに残していきました。

「ほら、ごらん」と羊飼いの女がオロールに言いました。「これでもまだ転んだのが不幸だったと思うかい？　この災難に遭わなければ、王様はあんたを恋するようになったろうし、あんたが結婚したがらなければ、アンジェニュが死ぬように仕向けただろう」

「おっしゃるとおりですわ、お母さん」とオロールは答えた。「でも、わたしは人を怖がらせるほど醜くなってしまいました。わたしと結婚したことを殿下が後悔しないか心配です」

「いや、その心配はいらない」とアンジェニュが答えました。「性格の悪さに慣れることはできないけれど、顔の醜さには慣れてしまうものだから」

「そのお気持ちはとてもうれしいんですが」と羊飼いの女は言いました。「オロールはまだきれいになれるんです。わたしは顔の傷を治す液をもっていますから」

たしかにそのとおりで、三日後には、オロールの顔はもとどおりになりました。けれども、王弟はずっとヴェールをかぶっているように頼みました。もしも意地悪な兄に見られたら、連れ去られるのではないかと心配だったのです。

一方、結婚を望んでいたフルバンは、何人かの画家を送り出して、いちばん美しい娘の肖像画を持ち帰らせました。彼はオロールの妹のエーメの肖像が気にいったので、彼女を宮廷に呼び寄せて結婚しました。妹が王妃になったことを知ると、オロールはとても不安になりました。この妹がどんなに底意地悪く、どんなに自分を憎んでいるか知っていたので、あえて外出する勇気もなくなってしまいました。

それから一年経って、オロールは男の子を生みました。この子はボージュール（輝く陽光）と名づけられ、彼女はただひたすらに息子を愛しました。この小さな王子は、言葉を話すようになると、非常に頭がいいことがわかり、両親をとても喜ばせました。

ある日、この子が家のドアの前に母親といっしょにいたとき、オロールが居眠りをして、目を覚ますと、息子の姿が見当たりませんでした。彼女は大声をあげて、森じゅう走りまわって捜しました。羊飼いの女が、自分たちのためにならないことはなにひとつ起こらないことをいくら思い出させても、彼女を慰めることはなかなかできませんでした。

ところが、翌日、今度も羊飼いの女が正しかったことをオロールは認めざるをえなくなりました。フルバンとその妻が、いつまでもこどもができないのをひどく悔しがり、甥《おい》を殺そうとして兵士を送ってきたのです。けれども、こどもが見つからなかったので、兵士たちはアンジェニュと妻と羊飼いの女を小舟に乗せて、海に放り出しました。彼らの噂《うわさ》を二度と聞かないで済むようにするためです。今度こそ、自分はひどく不幸な目に遭っているのにちがいないとオロールは思いましたが、羊飼いの女は依然として、すべては神のよき計らいだと繰り返しました。とても好《よ》い天気だったので、小舟は三日間ゆらゆらと漂って、ある海沿いの町にたどり着きました。

その町の王様は戦争の最中で、翌日、町は敵軍に包囲されました。勇気のあるアンジェニュは、王様から数個の部隊を借りて、何度か出撃した結果、さいわいにも町を包囲している敵の大将を倒すことに成功しました。指揮官を失った敵軍は潰走《かいそう》し、包囲されていた町の王様はこどもがいなかったので、感謝のしるしに、アンジェニュを養子にしました。

その四年後、フルバンは性格の悪い女と結婚した心労のあまり帰らぬ人になり、妻の王妃を憎んでいた人々は屈辱的なやり方で彼女を追い出して、王弟のアンジェニュを玉座に迎えるため使者を送ってよこしました。アンジェニュは妻と羊飼いの女といっしょに船に乗りこみましたが、大嵐《おおあらし》に遭遇して難破し、無人島に流れ着きました。それまでの何度かの体験から賢明になっていたオロールは、このときはすこしも心配することなく、神がこの難破を許されたのは自分たちのためなのだと考えました。彼らは海岸に長い竿《さお》を立てて、その先端に羊飼いの女の白いエプロンを結びつけ、近くを通りかかった船に知らせて救助してもらえるようにしました。夕方ちかくに、小さなこどもを抱いた女がやって来るのが見えましたが、一目見るなり、オロールはその子が息子のボージュールであることを見て取りました。そのこどもをどこから連れてきたのかと女に訊くと、彼女の夫は海賊で、その子をさらってきたのだが、この島の近くで遭難して、彼女はそのとき抱いていたこどもといっしょに逃げ出したのだということでした。二日後、遭難して亡《な》くなったと信じてアンジェニュとオロールの遺体を捜索していた数隻《せき》の船が、白いエプロンを見て、その島にやってくると、自分たちの王様とその家族を王国へ連れて帰りました。それからというもの、たとえどんな事故が起こっても、オロールはけっして神様に不平を洩《も》らすことはありませんでした。なぜなら、わたしたちの目には不幸に見えることでも、じつはしばしばわたしたちに幸せをもたらすのだということを経験から学んで知っていたからです。

三つの願いの物語

Conte des trois souhaits

むかし、あまり裕福ではない男がありました。この男が結婚して、美しい女を妻にしました。冬のある夜、夫婦は暖炉のそばで、自分たちより裕福な隣人たちの幸せについて話していました。

「ああ、もしも自分の思いどおりにできて、欲しいものをすべて手に入れられたら」と妻は言いました。「たちまちあの人たちより幸せになれるのに」

「おれだっておなじだ」と夫が言いました。「いまが仙女の時代で、欲しいものを全部恵んでくれるいい仙女がいればよかったんだが」

すると、次の瞬間、部屋のなかにとても美しい貴婦人が現れて、ふたりに言いました。

「わたしは仙女です。あなたたちの最初の三つの願いごとをかなえてあげましょう。でも、気をつけるんですよ、三つの願いごとをしてしまったら、そのあとはなにもかなえられなくなりますから」

そう言うと、仙女は姿を消してしまい、この夫婦は非常に困惑しました。

「わたしは」と妻は言いました。「もしもわたしの思いどおりになるのなら、どんな願いごとをしたいかわかっているわ。まだお願いはしないけど、美しくなって、裕福になり、貴族の身分になるほどいいことはないような気がするから」

「しかし」と夫が答えました。「そうなっても、病気になったり、ひどく陰気になったり、若死にしたりするかもしれないぞ。健康や喜びや長生きをお願いするほうが利口なんじゃないかね?」

「長生きしたって、貧乏なら、それが何になるって言うの?」と妻が言いました。「不幸が長くつづくだけじゃないの。ほんとうは、仙女はわたしたちに一ダースくらいの贈り物を約束すべきなのよ。わたしには少なくとも一ダースくらいはお願いしたいことがあるんだから」

「そりゃそうだ」と夫は言いました。「まあ、時間をかけてよく考えてみよう。これからあしたの朝までに、おれたちにいちばん必要な三つのことをよく考えて、それから願いごとをするとしよう」

「一晩中考えることになりそうね」と妻が言いました。「それまでのあいだ、体を暖めましょうよ、寒いから」

そう言いながら、妻は火ばさみを取って、暖炉の火を掻《か》きおこしました。そして、赤々とおこった炭火を見ると、思わずこう口にしました。

「いい火だこと。夕食にブーダン（豚の脂身《あぶらみ》と血の腸詰め）が一オーヌ（一・二メートル）もあれば、とても簡単に焼けるでしょうに」

そう言いおえるやいなや、一オーヌのブーダンが暖炉のそばに落ちてきました。

「食いしん坊はブーダンといっしょにくたばりやがれ」と夫は言いました。「まったくなんとも立派な願いごとだよ。あとふたつしか残ってないじゃないか。おれは怒ったぞ、そんなブーダンなんかおまえの鼻の先にくっついちまえばいい」

次の瞬間、夫は自分が妻よりもっとばかだったことを知りました。というのも、これがふたつめの願いごとになって、ブーダンが妻の鼻の先に飛びつき、どうやっても取れなくなってしまったからです。

「ああ、なんてことなの！」と妻が叫びました。「ブーダンがわたしの鼻の先にくっつくように願うなんて、あなたはなんて意地悪なの」

「誓って言うが、おれは本気じゃなかったんだ」と夫が答えました。「しかし、どうしたらいいだろう？　大金持ちになる願いごとをして、そのブーダンを隠す黄金《きん》のケースを作らせてやろうか」

「そんなことをしてごらん」と妻が答えました。「こんなブーダンを鼻の先にぶら下げて生きていくくらいなら、わたしは死んでやるから。いいかい、願いごとはあとひとつなんだよ。それをわたしにさせておくれ。さもなければ、窓から飛び降りちまうからね」そう言いながら窓に走り寄ったので、妻を愛していた夫は叫びました。

「やめてくれ。なんでもおまえの好きなことを願っていい」

「それじゃ」と妻は言いました。「わたしはこのブーダンが床に落ちることを願うわ」

そのとたんにブーダンは床に落ち、聡明《そうめい》な妻は夫に言いました。

「仙女はわたしたちをからかったんだよ。でも、そうするもっともな理由があったんだ。たとえいまより裕福になっても、わたしたちは不幸になったのかもしれない。そうなのよ、あんた、願いごとなんかするのはやめて、神様がわたしたちにお与えになるものを受け取ることにしましょう。そうして、ブーダンで夕食を取ることにしましょうよ。いまはそれしか残されていないんだから」

夫は妻の言うとおりだと思いました。そして、もはやどんな願いごとをするかに頭を悩ませたりはせずに、愉快に食事をしたのでした。

漁師と旅人

Conte du pêcheur et du voyageur

むかし、ひとりの男がありました。小さな川のほとりのみすぼらしい小屋がこの男の全財産でした。男は魚を釣ることで暮らしを立てていましたが、この川にはあまり魚がいなかったので、たいした稼ぎにはならず、ほとんどパンと水だけで生き延びていました。それでも、この男は貧しいなりに満足していて、自分のもっているもの以外なにも望んではいませんでした。

ある日、彼は町に行ってみようかという気を起こし、翌日出かけることに決めました。その旅のことを考えているとき、ひとりの旅人がやってきて、泊まれる場所を見つけたいのだが、村まではまだ遠いのかと訊《き》きました。

「まだ十二マイルほどある」と漁師は答えました。「もうだいぶ遅いから、わたしの小屋でもよかったら、喜んで泊めてやるが」

旅人はそれを受けいれました。客を歓待したいと思った漁師は、火をおこして小魚を料理しました。夕食の支度をしているあいだ、彼は唄《うた》をうたったり、笑ったり、とても上機嫌に見えました。

「そんなふうに楽しそうにしていられるなんて」と客が言いました。「あなたはなんと幸せなんだろう。そんなに陽気になれるなら、わたしはもてる全財産を投げ出してもいい」

「どうしてそうなれないんだね?」と漁師は言いました。「わたしの喜びにはお金は一銭もかからないんだよ。わたしには悲しむ理由はなにもない。あんたにはなにか大きな悩みでもあって、それで楽しめないのかね?」

「悲しいことに」と旅人は答えました。「みんながわたしほど幸せな人間はいないと思っているんだ。わたしは商人で、莫大《ばくだい》な財産を手に入れたが、片時も安らかな気持ちではいられなかった。いつも破産させられるんじゃないか、商品が傷《いた》むんじゃないか、航海中の船が難破するんじゃないかと気が気でなかった。だから、商売をやめて、もっと落ち着いた気分でいられるように、王様に仕える官職の地位を買い取った。初めは、さいわい王様に気にいられて、引き立てられ、幸せになれるんじゃないかと思ったが、しばらくすると、自分は王様のお気にいりというよりむしろ奴隷《どれい》みたいなものだと悟ったんだ。四六時中自分の好き嫌いを棚に上げて、王様の好みに合わせなければならなかった。王様は狩りが、わたしはゆっくり休むのが好きだったが、わたしは一日中お供をして森のなかを走りまわらなければならなかった。へとへとになって城へ戻ると、できるだけ早く床に就きたかったが、そんなことはすこしもできず、王妃様が舞踏会や宴会をひらいて、わたしは王様の御前に伺候《しこう》する栄をたまわることになる。わたしは憤激しながら出席したが、それでも王様の好意が多少は慰めになっていた。しかし、二週間ほど前、王様は宮廷の貴族のひとりに好意的に話しかける気を起こして、その男にふたつの用事を言いつけ、非常に誠実な男だと思っているとおっしゃった。その瞬間、わたしは寵愛《ちょうあい》を失ったことを悟って、それから幾夜も眠れなかった」

「しかし」と漁師は言いました。「王様はあんたに嫌な顔を見せたのかね？　もうあんたに好意をもっていないのかな？」

「そんなことはないが」とその男は答えました。「王様はごく当たり前の好意しか示さなくなった。だから、もはやわたしだけがお気にいりじゃないということだ。その貴族が二番目のお気にいりになるだろう、とみんなが言っていた。それがどんなに耐えがたいことかはわかるだろう。わたしは死にたくなるほど悲しかった。きのうの夜、自室に引き下がって、ひとりになると、泣きださずにはいられなかった。すると、突然、とても好ましい顔をした立派な人物が現れて、わたしに言ったんだ。『アザエル、わたしはおまえの不幸を不憫《ふびん》に思っている。安らかな気持ちになりたいかね？　それならば、富を愛することや名誉を求めることをやめなさい』『ああ、殿下』とわたしはその人物に言ったんだ。『わたしは心の底からそうしたいと思っています。でも、どうすればそんなふうにできるのでしょう？』『宮廷から身を引いて』とその人物は言ったんだよ。『目についた最初の道を二日間歩きつづけなさい。ある男が無分別な振る舞いをして、おまえはそれを見ることになり、それが野心からおまえの目を覚まさせてくれるだろう。二日間歩いたら、おなじ道を引き返して、安らかな気持ちで楽しく暮らせるかどうかは自分次第だとしっかり肝に銘じるがいい』

わたしはその人物が言ったとおりすでに一日歩いてきて、あしたも歩きつづけるつもりだ。彼が約束してくれた心の安らぎが得られるのかどうかとても心配なんだがね」

その物語を聞いた漁師は、この野心に取り憑《つ》かれた男のばかげた身の処し方に感嘆せずにはいられませんでした。王様の目つきや言葉ひとつで自分の幸せが決定されてしまうような立場に身を置くなんて。

「あんたともう一度会って、望む境地に達することができたかどうか見てみたいものだ」と彼は旅人に言いました。「旅をつづけて、二日後にこの小屋に戻ってくるがいい。わたしも旅に出るつもりだ。いままで一度も町に行ったことがないから、町の賑《にぎ》やかさをおおいに楽しめるんじゃないかと思っているんだが」

「その考えにはあまり感心できないな」と旅人は言いました。「あなたはいま幸せなのに、なぜわざわざ惨《みじ》めな気分になろうとするのかね？　あなたの小屋はいまはそれで十分だと思えるだろうが、貴族の大邸宅を見たあとには、とてもちっぽけでみすぼらしく見えるだろう。着ているものも、暑さ寒さが凌《しの》げるんだからと、いまは満足しているが、金持ちの豪華な衣装をじっくり見たあとでは、胸が痛むようなものに見えるだろう」

「旦那《だんな》さん」と漁師は客人に言いました。「あんたはずいぶん物のわかったような言い方をするね。それだけ立派な分別があるなら、人様を見たり人様に話しかけたりするときには、苛立《いらだ》ったりしないようにしたらいいじゃないか。世の中には、自分自身を思いどおりにできないくせに、人様に説教を垂れる人間がおおぜいいるものだが」

旅人はそれにには反論しようとはしませんでした。世話になっている人の家で当人に反論するのは礼儀正しいことではないと思ったからです。翌日、彼は旅をつづけ、漁師も自分の旅に出かけました。二日間歩きつづけても、なにも特別なものには出会わなかった旅人、アザエルはまたその小屋に戻ってきました。すると、ドアの前に漁師が坐《すわ》りこんで、頰杖《ほおづえ》をつき、じっと地面を見つめていました。

「何を考えているんだね？」とアザエルが訊きました。

「おれはとても不幸だと思っているんだ」と漁師は答えました。「とても金持ちで、とても幸せな人たちがあんなにおおぜいいるのに、おれはこんなに貧しいんだからな。おれが神様に何をしたというんだい？」

そのとき、アザエルに二日間旅をするように命じた人物が——じつは天使だったのですが——現れました。

「なぜおまえはアザエルの忠告に従わなかったのかね？」とその人物が漁師に言いました。「町の豪華さを見たために、おまえのなかに貪欲《どんよく》と野心が生まれ、それが喜びと安らぎを追い出してしまったのだ。ほどほどのものしか望まないようにすることだ。そうすれば、かつての貴重な特権を取り戻すことができるだろう」

「そう言うのは簡単だが」と漁師は答えました。「おれにはそれはできそうにもない。神様がおれの境遇を変えてくれないかぎり、いつまでも不幸な気分がつづくような気がする」

「しかし、それはおまえの破滅につながるぞ」と天使は言いました。「いいかね、自分がもっている以上のものは望まないことだ」

「いくらそう言われても」と漁師は答えました。「おれはもっといい境遇になることを望まずにはいられない」

「神はときには野心家の望みをかなえてやることもあるが」と天使は言いました。「それは神が怒って、その男を罰するためなんだぞ」

「かまうものか」と漁師は言いました。「望みさえすればいいのなら、おれはあんたの脅しなど気にしないよ」

「破滅したいと言うのなら」と天使は言いました。「それをかなえてやろう。三つの願いごとをするがいい。神がそれをかなえてくれるだろう」

漁師はたいそう喜んで、まず自分の小屋を豪華な宮殿に変えてほしいと願いました。すると、その願いはすぐに現実のものになりました。その宮殿をじっくり眺めて嘆賞したあと、今度はドアの前の小さな川を大きな海に変えてほしいと願うと、たちまちそのとおりになりました。それでも、まだ三つめの願いが残っていました。彼はしばらく夢想にふけっていましたが、やがて自分の小舟を金やダイヤモンドを積んだ豪華な船にしてほしいと願いました。そして、その船を見ると、いまや自分のものになった財宝をわが目でとっくりと確かめたくて走り寄りました。けれども、彼が船に乗りこむやいなや大嵐《おおあらし》が巻き起こり、漁師は海岸に戻って陸地に上がりたいと思いましたが、どうしてもそうすることができませんでした。そのときになって、彼は自分の野心を呪《のろ》いましたが、後悔しても無駄でした。海がすべての財宝といっしょに彼を呑《の》みこみ、天使がアザエルに言いました。

「この例を見て、おまえが賢明になることを願っているぞ。この男の最期《さいご》はほとんどすべての野心家の最期だとも言える。おまえがいま暮らしている宮廷というところは、難破や大嵐で名高い海なのだ。まだそれができるうちに、岸に戻ることだ。いずれそのうち、そうしたいと思ってもできなくなるぞ」

アザエルは恐怖に震えて、天使の言葉に従うことを誓い、そのとおりにしました。彼は宮廷を辞して、田舎に住み着き、美しさや財産より多くの美徳をそなえた娘と結婚しました。そして、自分のゆたかな財産をさらに増やそうとすることはやめて、節度をもってそれを遣うことに意をそそぎ、あまった分は貧しい人たちに分け与えました。そんなふうにしていると、自分が幸せで満足していることに気づいて、それまで自分の人生の幸せを台無しにしていた強欲と野心から解放してくれたことを神に感謝しない日は一日としてありませんでした。

ジョリエット

Joliette

あるとき、結婚して数年になるのにこどものいない貴族と貴婦人がありました。この夫婦は、幸せになるのに欠けているのはそれだけだと思っていました。というのも、彼らは裕福で、だれからも尊敬されていたからです。それでも、最後には娘が生まれ、その国にいたすべての仙女が洗礼式にやってきて、天賦《てんぷ》の素質を授けました。ひとりの仙女は、その子は天使みたいに美しくなるでしょうと言いました。もうひとりは、人をうっとりさせるほどダンスが上手になるでしょうと言い、三人目はけっして病気にならないでしょうと言い、四人目はとても知性ゆたかになるでしょうと言いました。母親は娘に授けられたすべての素質を喜びました。なんといっても、美しくて、才知に富み、健康的で、いろんな才能があるというのですから。ジョリエット（かわいらしい）と名づけられたこのこどもに、それ以上の何を授けることができたでしょう？一同はお祝いのテーブルに着きましたが、食事がなかほどまで進んだとき、仙女の女王が通りかかって、なかに入りたがっている、とジョリエットの父親に言いに来た者がありました。仙女たちは全員立ち上がって女王を出迎えましたが、彼女があまりにもきびしい顔をしていたので、一様に震えだしました。

「あなたたちは」と、テーブルに着いた女王は言いました。「天から授かった能力をこんなふうに使うんですか？　あなたたちのだれひとり、ジョリエットにやさしい心を、徳の高い素質を授けようとはしませんでした。あなたたちが犯した過《あやま》ちを、わたしはできるだけ改めたいと思います。わたしはこの子に二十歳になるまで口がきけなくなる素質を授けます。神様、どうかわたしの力でこの子の舌の働きを完全に奪うことができますように！」

そう言うと同時に、仙女の女王は姿を消し、ジョリエットの父親と母親は悲嘆のどん底に突き落とされました。口のきけない娘をもつことほど悲しいことはないと思ったからです。

それでも、ジョリエットはとても愛らしいこどもになりました。二歳になると、この子はなんとかして話そうとするようになり、かわいらしい手真似《てまね》をするので、人の話すことを理解できて、必死に答えようとしているのがわかりました。あらゆる種類の教師を付けてやりましたが、彼女は教えたことを驚くべき速さで覚えてしまいました。頭脳が明晰《めいせき》だったので、手ぶりで言いたいことを理解させられ、自分が見たり聞いたりしたことをすべて母親に報告しました。初めのうちは、だれもがそれに感心していましたが、良識のある人だった父親は、妻にこう言いました。

「おまえはジョリエットの悪い習慣を放置している。あれは小さなスパイだ。町中で起こっていることを何もかも知る必要がどこにあるんだね？　人はあの子を警戒しない。まだこどもだし、話せないことを知っているからだ。それをいいことに、あの子は耳に入るすべてをおまえに報告している。この欠点を改めさせなければならない。告げ口をする人間ほど品性下劣なものはないからだ」

　ジョリエットを溺愛《できあい》していた母親は、もともと知りたがり屋だったこともあって、夫にこう言いました。口がきけないという欠陥があるから、あなたはこのかわいそうな子を愛していないのだ。こんな障害があるだけでもすでに十分に不幸なのに、咎《とが》め立てをすることでもっと惨《みじ》めな状態にする気にはとてもなれないと。そんな屁理屈《へりくつ》に惑わされることのなかった夫は、ジョリエットを呼びつけて、こう言いました。

「いいかね、おまえはわたしを悲しませているんだよ。おまえの口をきけなくした仙女は、おそらくおまえが告げ口屋になることを知っていたんだろう。しかし、口がきけなくても、それが何になるだろう？　おまえは手ぶりでなんでも伝えられるんだから。このままだとどういうことになるかわかるかい？　おまえはみんなから憎まれるようになり、ペストみたいに避けられるようになるだろう。それもむりもないことだ。あの恐ろしい病気よりもっと多くの害悪を引き起こすことになるんだからね。告げ口屋はすべての人を仲違《なかたが》いさせ、恐ろしい害悪を引き起こすのだ。もしもおまえがこれを改められないのなら、わたしとしては、おまえは目も見えず、耳も聞こえなくなったほうがいいと思うくらいだ」

ジョリエットは性格がひねくれていたわけではなく、自分が見たことを告げ口したのは、ごく軽い気持ちからでした。彼女はそれを改めることを手ぶりで父親に誓いました。

実際、本人もそのつもりだったのです。けれども、その二、三日後、彼女はある貴婦人が友人のひとりをばかにしているのを耳にすると、そのころには読み書きができるようになっていたので、聞いたことを紙片に書きつけました。その会話の書き方がじつに機知に富んでいたので、母親は面白がって笑いだし、娘の文章に感嘆せずにはいられませんでした。ジョリエットにも虚栄心があり、母親の褒め言葉がとてもうれしかったので、目の前で起こることをなんでも書きつけるようになりました。その結果、父親が予言したとおりになり、彼女はみんなから憎まれるようになってしまったのです。人々は彼女から隠れるようになり、彼女が入ってくると声をひそめ、彼女が招かれている社交の集まりに行くのを怖《おそ》れるようになりました。ジョリエットにとって不幸だったのは、まだ十二歳のときに父親が亡《な》くなってしまったことでした。この欠点を叱《しか》る人がだれもいなくなると、告げ口をするのがごく当たり前の習慣になって、なにも考えずにそうする癖がついてしまったのです。ジョリエットは一日中、彼女を死神みたいに忌《い》み嫌っている使用人たちの行動を探ることで過ごしました。庭にいるときには、居眠りをしているふりをして、散歩している人たちの会話に耳を澄ましました。けれども、複数の人が同時にしゃべり、そのすべてを正確に覚えているほどの記憶力はなかったので、ひとりが言ったことを別の人が言ったことにしてしまったり、会話の初めだけを聞いて結論を知らずに、あるいは、結論だけを聞いてその前を知らずに書きつけたりしました。町では毎週のように二十以上もの揉《も》め事や口論が起こり、揉め事の火元をたどれば、いつもジョリエットの告げ口だと判明しました。彼女のせいで母親はすべての友人と仲違いし、三、四人の男たちが決闘するはめになりました。

それはジョリエットが二十歳になるまでつづきました。彼女は自由に話せるようになる日をじりじりする思いで待っていましたが、ようやくその日が来ると、仙女の女王が現れて、彼女に言いました。

「ジョリエット、言葉を話せるようにしてやる前に、あなたはそれを乱用するにちがいないから、これまでにあなたの告げ口が引き起こしたすべての災いをみせてやろう」

そう言うと、仙女は彼女に鏡を差し出しました。そこには三人のこどもを連れている父親が映りましたが、こどもたちは父親といっしょに物乞《ものご》いをしているのでした。「こんな人は知らないわ」と、初めて言葉を発したジョリエットが言いました。「わたしがこの人にどんな悪いことをしたというの？」

「この男は裕福な商人だったのです」と仙女は言いました。「倉庫にはたくさん商品があったのですが、現金が足りませんでした。それで、手形を決済するために、あなたの父親にお金を借りに来たのですが、あなたは書斎のドアのかげでそれを立ち聞きして、何人かの債権者にこの男の状態を知らせたのです。そのせいで、彼は信用をなくして、全員が支払いを求めるようになり、その件が裁判沙汰《さいばんざた》になって、哀れな男とこどもたちは九年前から物乞いをしなければならない境遇に身を落としてしまったのです」

「ああ、何ということでしょう、マダム！」とジョリエットは言いました。「そんな罪を犯したなんてほんとうに申しわけなかったと思います。でも、わたしにはお金があるので、自分の軽率さから失わせてしまった財産をこの人に返してあげることで、自分がもたらした不幸のつぐないをしたいと思います」

そのあと、ジョリエットが見たのは、窓に鉄格子《てつごうし》のはまっている部屋にいる美しい女の人でした。その人は藁《わら》の上に横になっていて、傍らには水差しの水とひとかけらのパンがあるだけでした。ゆたかな黒髪が肩にかかっていましたが、顔はすっかり涙で濡《ぬ》れていました。

「ああ、どうしましょう！」とジョリエットは言いました。「わたしはこの方を知っています。ご主人が二年前にフランスに連れていって、亡くなったと宣言したんです。この方をこんなひどい目に遭わせた原因がわたしだったなんてことがありうるんでしょうか？」

「そうですよ、ジョリエット」と仙女は答えました。「でも、もっと恐ろしいことに、この婦人の夫はある男を殺しましたが、それもあなたのせいだったのです。ある日の夕方、庭のベンチに坐《すわ》って居眠りしているふりをしながら、その男とこの婦人が話しているのに聞き耳を立てていたことを覚えていますか？　その話から、あなたはふたりが愛し合っていると信じこみ、それを町中の人たちに吹聴《ふいちょう》しました。それがこの婦人の夫の耳に入って、彼はひどく嫉妬《しっと》深い人だったので、その男を殺して、婦人をフランスに連れていきました。そして、彼女を長いあいだ苦しめるため、世間には亡くなったと思わせましたが、じつはこの哀れな婦人にはなんの罪もなかったのです。その男がこの婦人に話していたのは、結婚するつもりでいた自分の従姉妹《いとこ》のひとりを愛しているということだったのですが、低い声で話していたし、あなたは会話の半分しか聞かずにそれを書きつけたので、こんな恐ろしい不幸を引き起こしてしまったのです」

「ああ！」とジョリエットは叫びました。「わたしはなんて不幸なんでしょう。わたしはこの世に生まれてくる価値もない人間だったんだわ」

「自分を責めるのは待ちなさい。それはあなたが犯したすべての罪を知ってからにしてもらいましょう」と仙女は言った。「鎖につながれて牢獄《ろうごく》に横たわっているこの男をごらんなさい。あなたはこの男のなんの罪もない会話を聞きつけて、話を半分しか聞かなかったので、彼が王様の敵方と通じていると信じこみました。囚人になっているこの哀れな男を嫌っていた、ひどく根性の悪い軽率な若者とあなたとおなじくらいおしゃべりな女が、あなたから聞いたことに尾ひれをつけて広めた結果、彼は牢獄につながれてしまったのです。この男が牢から出ることがあるとすれば、告げ口屋を棍《こん》棒《ぼう》でめった打ちにせずにはおかないでしょうし、あなたに会ったら、最下等の女だとののしらずにはいないでしょう」

そのあとにも、仙女はジョリエットに、路頭に迷ってパンにも事欠くおおぜいの使用人たちや、妻を離縁した男たち、父親から相続権を奪われたこどもたちを見せました。すべて彼女の告げ口が原因でそうなったのです。ジョリエットは心の底から嘆き悲しみ、行ないを改めることを誓いました。

「自分を改めるにはあなたは歳《とし》をとりすぎている」と仙女は言いました。「二十歳までそのままにしておいた欠点は、本人が望んだからといって、直せるものではありません。しかし、それを直せる手段をわたしはひとつだけ知っています。それはこれから十年間、目も見えず、耳も聞こえず、口もきけない状態になって、そのあいだずっと自分がもたらした数々の不幸についてじっくりと考えることです」

ジョリエットにはそんな恐ろしい方法を受けいれる勇気はありませんでしたが、軽々しい口をきかない人間になるためにできることは何でもすると誓いました。しかし、仙女はそれを聞こうともせずに背を向けてしまいました。ジョリエットにほんとうに改心する気があるのなら、その手段を受けいれたはずだったからです。

世の中にはこんなふうに言う人たちがたくさんいます。「自分の食い意地が張っているところや、怒りを爆発させやすいところ、嘘《うそ》をついてしまうところがとても残念です。わたしは心からそれを改めたいと思っています」

しかし、それが本心でないことはあきらかです。なぜなら「あなたの大食いを直すには、食事のとき以外はなにも食べず、食事のときもいつも腹八分目にしておく必要があるとか、あなたの怒りやすさを直すには、怒りにわれを忘れるたびに、自分にきびしい罰を加える必要がある」と言われたときのことを考えてみればわかります。

そういう手段を用いるように言われると、彼らは「それはむずかしすぎる」と答えます。つまり、そういう人たちは、自分ではなんの苦労もせずに、神様が奇跡を起こして一挙に自分を直してほしいと考えているわけです。

ジョリエットもまったくおなじように考えていました。しかし、こういううわべだけの熱意では、けっして自分の欠点を改めることはできません。彼女はその知力や美しさやさまざまな才能にもかかわらず、知っているすべての人から忌み嫌われていたので、ほかの地方に引っ越す決心をしました。そして、財産のすべてを売り払って、母親といっしょに出発しました。大きな町に住み着くと、初めのうちは、人々はジョリエットの魅力のとりこになりました。何人かの貴族が彼女に求婚し、彼女はそのうちのひとりを熱愛して結婚し、一年ほどはとても幸せに暮らしました。その町はかなり大きく、たがいに知り合いではないおおぜいの人たちと会っていたので、彼女が告げ口屋であることはすぐには知られなかったのです。ある日、夕食のあと、彼女の夫が何人かの人たちのことを話しているとき、ある貴族があまり正直な人間ではなく、何度か悪事を働くのを見たことがある、と夫が言いました。その二日後、ジョリエットが大規模な仮装舞踏会に出かけると、頭巾《ずきん》つきの長マントをまとった男が彼女にダンスを申しこみ、そのあと彼女の横に坐りました。

ジョリエットは話上手で、しかもその町のあらゆるゴシップに通じていて、それを面白おかしく話したので、その男はおおいに会話を楽しみました。夫が話していた貴族の妻がダンスをはじめると、ジョリエットは長マントをまとったその仮面の男に言いました。

「あの方はとてもすてきね。ただ、不正直な男と結婚しているのが玉に瑕《きず》だけど」

「あの方のご主人をご存じなんですか、そんな悪口を言われるところをみると？」と仮面の男が訊きました。

「いいえ」とジョリエットは答えました。「でも、わたしの夫はよく知っているんです。その男のことで、夫からさんざんひどい話を聞かされました」

そして、ジョリエットはすぐにその話をはじめました。しかも、この機会に自分の才気をひけらかしたいがために、話に尾ひれをつけるという悪い癖を出してしまいました。仮面の男はその話にじっと耳を傾け、男が感嘆して聞き入っていると思ったので、彼女はとても満足でした。彼女が話しおえると、その男は立ち上がり、その十五分後、ジョリエットは夫が死にかけていると知らされました。夫が名誉を傷つけた男と決闘したというのです。ジョリエットは泣きながら夫のそばに駆けつけましたが、彼女の夫はそれからわずか十五分しか生きられませんでした。

「引き下がれ、この性悪女」と死にかけている夫は言いました。「おまえの舌と告げ口がわたしの命を奪ったんだぞ」

そう言うと、彼はまもなく息絶えました。夫を熱烈に愛していたジョリエットは、彼が死んでいくのを見ると、激情にかられてその剣の上に身を投げだし、体を突き抜かれてしまいました。この恐ろしい光景を目にした彼女の母親は、ひどいショックを受けて、悲しみから病に倒れ、好奇心や娘をあまやかした自身の愚かさ――それが娘の身の破滅につながったのですが――を呪《のろ》いながら死んでいきました。

ティティ王子

Le Prince Titi

むかし、ギャンゲというひどくけちん坊な王様がありました。この王様は結婚したいと思っていましたが、気にかけていたのは王妃が美しいかどうかではなく、ただ大金持ちかどうか、自分以上の倹約家かどうかということだけでした。王様は望みどおりの相手を見つけました。王妃は男の子を生んで、ティティと名づけ、さらに別の年にふたりめの男の子を生んで、ミルティルという名前を付けました。ティティのほうが弟よりずっとかわいらしかったのですが、王様と王妃はこの息子には我慢ができませんでした。自分がもらったものはなんでも、遊びに来るほかのこどもたちに分け与えるのが好きだったからです。ミルティルはといえば、ボンボンを他人《ひと》にやるくらいなら、傷《いた》んでも取っておきたがる性格《たち》でした。自分の玩具《おもちゃ》は、すり減らしたくなかったので、しっかりとしまい込み、なにかを手に持っているときは、あまりにもギュッとにぎりしめているので、眠っているときでさえもぎ取れないほどでした。王様と王妃は、自分たちと似ているこの息子を溺愛《できあい》していました。

ふたりの王子は立派な大人になりましたが、お金をやると遣ってしまうのが心配だったので、ティティには一文も与えられませんでした。ある日、ティティが狩りに出かけたとき、馬に乗っていた侍臣のひとりが老婆《ろうば》のすぐそばを通り、老婆は泥のなかに跳ね飛ばされて、脚の骨が折れたと叫びましたが、侍臣は笑っただけでした。やさしい心の持ち主だったティティはその侍臣を叱《しか》って、お気にいりの小姓のレヴェイエといっしょに老婆に歩み寄り、彼女を助け起こしました。そして、ふたりで両側から腕を支えて、彼女が住んでいた小屋に連れていきましたが、この老婆に金を与えようにも自分は一文も持っていなかったので、王子は残念でなりませんでした。

「人のためになることをする自由がないのなら」と彼は言いました。「王子でいても何になるだろう？　大貴族の喜びは恵まれない人たちの苦しみをやわらげることでしかないというのに」

それを聞いたレヴェイエが王子に言いました。

「わたしは一エキュしか持ち合わせませんが、どうぞお役に立ててください」

「国王になったらこの埋め合わせはするつもりだが」とティティは言いました。「その一エキュをもらって、この哀れな老婆にやることにしよう」

ティティが宮廷に戻ると、王妃は息子が哀れな老婆を助け起こしたことを叱りました。

「その老婆が死にでもしたら、とんでもないことになっていたかもしれないじゃないか」と彼女は息子に言いました（というのも、けちな人間は情け容赦がないからです）。「王子ともあろう者が身をかがめて、哀れな女乞食《こじき》に手を差し伸べるなんて、愚かしいにも程がある」

「でも、母上」とティティが言いました。「王子は善行を施すことでこそ高貴な人間になれるのだ、とわたしは思っていたんですが」

「まったく」と王妃は言いました。「おまえはずいぶん立派なことをのたまう変人だね」

翌日、ティティはまた狩りに出かけましたが、じつはその老婆の具合がどうか見にいくためでした。見たところ怪我《けが》は治っているようで、老婆は前日の王子の施しに感謝しました。

「もうひとつだけお願いがございます」と老婆が言いました。「とても美味《おい》しいヘーゼルナッツとセイヨウカリンの実があるので、ぜひいくつか召し上がっていただきたいのです」

せっかくの申し出を断れば、見下していると受け取られかねないと思ったので、王子はあえて断らずに、ヘーゼルナッツとセイヨウカリンの実をいくつか食べてみましたが、とても美味しいと思いました。「美味しいとお思いのようなので」と老婆が言いました。「残りを持ち帰って、デザートとして召し上がってください」

老婆がそう言っているあいだに、飼っている雌鶏《めんどり》が鳴きだし、その卵も持っていってほしいといかにもうれしそうに言うので、王子は思いやりからそれも受け取りました。けれども、それと同時に、王子は老婆に四ギニーの金貨を与えました。レヴェイエが田舎貴族の父親から金貨を借りて、王子に渡しておいたのです。

宮殿に戻ると、王子は老婆からもらった卵とセイヨウカリンの実とヘーゼルナッツを夕食に出すように命じましたが、王子が卵を割ると、なかから大粒のダイヤが出てきました。セイヨウカリンの実やヘーゼルナッツにもダイヤモンドが詰まっていました。だれかがそれを王妃に知らせると、彼女はティティの部屋に走ってきて、そのダイヤにすっかり夢中になり、息子を抱きしめて、彼が生まれてから初めて〈わが愛する息子よ〉と呼びました。

「このダイヤをわたしにくれないかね？」と王妃は息子に訊《き》きました。

「わたしのものはすべて母上のお役に立てるためにあるんです」と王子は答えました。「そうかい、おまえはいい子だ」と王妃は言いました。「ご褒美《ほうび》をあげよう」

というわけで、王妃はこの宝物を持ち去って、王子にはきちんと紙に包んだ四ギニーの金貨を届けました。この贈り物を見た人たちは、五十万ギニー以上の価値のあるダイヤモンドの代わりに四ギニーを持たせてよこすなんて王妃は恥ずかしくないのかとあざけりましたが、そんなことを言うのは自分の母親に対する敬意を欠く不作法者だとして、王子は彼らを部屋から追い出しました。そうしているあいだにも、王妃はギャンゲに言っていました。

「ティティが助け起こした老婆はどうやら仙女の女王らしいわ。あしたにでも会いにいかなくちゃ。ただし、ティティの代わりに弟を連れていきましょう。仙女が自分のダイヤを守ることもできないあのお人好《ひとよ》しばかり気にいられてしまっては困るから」

そう言うと、王妃は四輪馬車を掃除して、馬を借りてくるように命じました。というのも、餌代《えさだい》がかかりすぎるという理由で、王様用の馬を売り飛ばしてしまっていたからです。二台の馬車の片方には内科医と外科医と薬剤師を乗せ、もう一台には王様の一家が乗りこんで、老婆の小屋に到着すると、王妃は老婆に、ティティの侍臣の軽率な行為をあやまりに来たと言いました。

「あの子にはよい家臣を選ぶ才覚がないんです」と彼女は老婆に言いました。「先日の乱暴者は追放させるつもりです」

それから、老婆の脚を治すために王国でいちばん腕のいい医者を連れてきた、と彼女は言いました。脚はもうすっかりよくなっているが、自分のような貧しい女の見舞いに来てくれた思いやり深さに感謝している、と老婆は答えました。

「あら、ほんとうは」と王妃は言いました。「あなたが仙女の女王だということをわたしたちは知っているんですよ。ティティ王子にあんなにたくさんダイヤをくれたんですから」

「誓って申し上げますが、陛下」と老婆は言いました。「わたしが王子様に差し上げたのは卵とセイヨウカリンの実とヘーゼルナッツだけでした。まだありますから、よろしければ、王妃様にも差し上げますが」

「喜んでいただきましょう」と、ダイヤモンドが手に入ると思ったので、いかにもうれしそうに王妃は言いました。

王妃はそれを受け取り、老婆をやさしく撫《な》でさすって、城に会いにくるように言いました。お供の廷臣たちも、王様と王妃にならって、口々に老婆を褒め称《たた》えました。

王妃は老婆に何歳になるのかと尋ねました。

「六十になります」と老婆は答えました。

「まだ四十くらいにしか見えないわ」と王妃は言いました。「とても魅力的だから、まだ結婚することだってできるでしょう」

ひどく不躾《ぶしつけ》に育てられたミルティルは、それを聞くと鼻でせせら笑って、婚礼のときには喜んでダンスを披露したいと言いました。けれども、老婆は嘲笑《ちょうしょう》されたことに気づいたそぶりも見せませんでした。

王室の一行は帰途につきました。宮殿に着くやいなや、王妃は卵を茹《ゆ》でさせて、ヘーゼルナッツとセイヨウカリンの実を割りました。ところが、卵からはダイヤの代わりにヒヨコが出てきて、ヘーゼルナッツやセイヨウカリンの実のなかには虫がうようよしていました。とたんに王妃は激怒しました。

「あの老婆は魔女で」と彼女は言いました。「わたしをからかおうとしたんだ。あの女の息の根を止めてやる」

王妃は老婆を裁判にかけるために判事を招集しましたが、それをすっかり聞いていたレヴェイエが小屋に駆けつけて、老女に逃げるように言いました。

「こんにちは、年寄りにやさしい小姓さん」と老婆が彼に言いました。というのも、彼女を泥のなかから助け起こしてからというもの、みんなが彼をそう呼んでいたからです。

「ああ、お婆《ばあ》さん」とレヴェイエが言いました。「急いでここを逃げ出して、わたしの父の家に隠れてください。まっすぐな心をもつ人ですから、喜んで匿《かくま》ってくれるはずです。この小屋にいたら、あなたを捕まえて亡《な》き者にするために、すぐに兵士がやってくるでしょう」

「知らせてくれたのはとてもうれしいけれど」と老婆は言いました。「王妃の悪意などわたしはすこしも怖くありません」

そう言うと、老婆の姿は掻《か》き消えて、仙女が本来の姿で現れたので、レヴェイエはその美しさに目もくらむ思いでした。彼は仙女の足下に身を投げ出そうとしましたが、彼女はそれを押し止《とど》めて言いました。

「いまあなたが目にしたことは王子にも、この世のほかのだれにも言ってはなりませんよ。あなたの思いやり深さにご褒美をあげたいと思いますが、どんな天賦《てんぷ》の素質が欲しいか言ってごらんなさい」

「マダム」とレヴェイエは言いました。「わたしは主人の王子様をとても愛しており、心の底からお役に立ちたいと願っています。そこで、どの廷臣がほんとうに王子様を愛しているかを知るために、自分が望むときに透明になれるようにしていただきたいのです」

「では、あなたにその素質を授けてあげましょう。それから、ティティの借金をあなたに返してやる必要もありますが、彼はあなたの父上から四ギニー借りているんでしたね？」

「それはもう返していただきました」とレヴェイエは答えました。「王子様は王子たる者が借りたものを返さないのは恥ずべきことなのをよくご存じで、王妃様から届けられた四ギニーをわたしにくださったのです」

「それはわかっています」と仙女は言いました。「けれども、王子は借りた以上のお返しができなかったことをとても残念に思っているのです。王侯は王侯らしいお返しをすべきだということをよく心得ていますからね。わたしはその借りを返してやろうと思います。金貨がたくさん詰まっているこの財布を父上に持っていきなさい。よい行ないのために取り出すかぎり、この財布の中身はけっして減ることがないでしょう」

そう言うと、仙女は姿を消し、レヴェイエは財布を父親に持っていって、その秘密を教えました。一方、老婆に死刑を宣告するために王妃が招集した判事たちは、非常に困惑して彼女に言いました。

「どうやってこの女に死刑を宣告しろとおっしゃるんですか？ 王妃様を欺《だま》したわけではないのに。『わたしは貧しい女でしかなく、ダイヤモンドは持っていません』と言ったのですから」

王妃はかんかんになって、彼らに言いました。

「わたしをからかって、馬を借りさせたり医者の謝礼を払わせたり、無駄に大金をつかわせたこの女に死刑を宣告できないのなら、おまえたちはいずれ後悔することになるだろう」

判事たちは腹のなかでこう考えました。〈王妃はひどく陰険な人間だから、命令に従わなければ、いずれわたしたちを亡き者にする手段を見つけるにちがいない。自分たちが殺されるくらいなら、老婆を見殺しにするほうがま
しだ〉というわけで、判事たちは老婆を魔女として火あぶりの刑に処するという決定をくだしました。ただひとりだけ、無実の女に死刑を宣告するよりは自分が火あぶりになったほうがいいと言った判事がいたのですが、数日後、王妃は彼を罷免《ひめん》してしまいました。その判事が王妃の悪口を言ったという偽《にせ》の証人をでっち上げたのです。その判事は妻子ともども物乞いに身を落とすしかなくなりましたが、それを知ったレヴェイエが父親の財布から大金を取り出して、彼に与え、国外に逃れるように助言しました。

透明になれるようになると、レヴェイエは至るところに出没して、いろんな秘密を嗅《か》ぎつけましたが、真正直な男だったので、自分の主人のためになること以外は、だれにも告げ口をすることはありませんでした。彼はよく王様の執務室に入りこんでいたので、王妃が夫にこんなふうに言うのを聞きつけました。

「ティティが長男だなんて、悔やんでも悔やみきれないわ。そうでしょう？　わたしたちがいくら財産を蓄えても、あの子が玉座に就いたらたちまち遣い果たしてしまうにちがいないんだから。ミルティルなら倹約家だから、自分の財産に手をつけるどころか、もっと増やしてくれるでしょうに。あの子から相続権を奪う方法はないものかしら？」

「それは考えてみる必要がある」と王様は答えました。「もしもそれができなければ、あの子が食いつぶしてしまわないように、財産をどこかに埋めなければならないだろう」

廷臣たちは、王や王妃に気にいられようとして、こぞってティティの悪口を言い、ミルティルを褒め称えましたが、それもレヴェイエの耳に入っていました。しかも、王の下を辞して、ティティ王子の前に出ると、自分たちは王子の味方だなどと言ったりするので、レヴェイエを通してほんとうのことを知っていた王子は、内心では彼らを嘲笑し、軽蔑《けいべつ》していました。そんな宮廷にもとても誠実な人柄の貴族が四人いて、彼らはティティの味方をしていましたが、それを吹聴《ふいちょう》することはなく、その反対に、王子に対してはいつも、王様と王妃を愛するように、両親には従うように忠告していました。

隣国の王様がある大切な用件のためにギャンゲに使節団を送ってきました。いつものことながら、王妃はティティが使節団の前に顔を出すことを嫌って、彼には別荘に行くように命じ、「使者の方たちが別荘を見たいと言うにちがいないから、おまえはその案内をしておくれ」と付け加えました。

ティティが出発してしまうと、王妃はたいして費用をかけずに使者たちを迎えるための支度を調《ととの》えました。ビロードのスカートを仕立て屋に渡して、ギャンゲとミルティルの燕尾服《えんびふく》の後ろの裾《すそ》を作らせ、前の部分だけを新しいビロードで作らせました。王様と王子は坐《すわ》っているので、礼服の後ろ側は見えないだろうと考えたのです。衣裳《いしょう》を豪華にするために、セイヨウカリンのなかから見つけたダイヤを王様の礼服のボタンに使い、自分の帽子には卵から出てきたダイヤモンドを飾って、ヘーゼルナッツから出てきた小粒のダイヤはミルティルの礼服のボタンや、王妃の胸衣《スタマッカー》やネックレスや袖《そで》のリボン結びにちりばめました。おびただしいダイヤがまばゆい輝きを放っていました。ギャンゲとその妻は玉座に着き、ミルティルはその足下の席に着きました。ところが、使者の一行が部屋に入ってきたとたんに、ダイヤは消えてなくなり、あとにはセイヨウカリンの実とヘーゼルナッツと卵が残されているだけでした。彼らがこんな滑稽《こっけい》な恰好《かっこう》をしているのは自分たちの主人を侮辱するためだと思いこんだ使者たちは、自分たちの主人はカリンの実みたいに取るに足りない王ではないことを思い知らせてやると言いながら、かんかんになって部屋を出ていきました。そして、いくら呼び戻そうとしても聞く耳をもたず、そのまま国に帰ってしまいました。ギャンゲと妻はひどく恥ずかしいと同時に腹わたが煮えくりかえる思いでした。

「わたしたちはティティに一杯食わされたのよ」と、ふたりきりになると、王妃が言いました。「あの子から相続権を奪って、玉座をミルティルに渡してやらなくちゃ」

「わたしもそれに大賛成だ」と王様は言いました。

とたんに、ひとつの声が聞こえました。

「そんなにひどいことをするつもりなら、おまえたちの骨という骨を粉々に砕いてやる」

それを聞くと、ふたりはとてつもない恐怖に取り憑《つ》かれました。というのも、レヴェイエが王様の執務室にいて、ふたりの話を聞いていたとは知らなかったからです。

恐怖心から、彼らはティティを虐《しいた》げようとはしませんでしたが、老婆を亡き者にしようとして国中隈《くま》なく捜させました。それでも見つけられなかったので、ふたりは非常に悔しがりました。

一方、ヴィオラン王は――ギャンゲに使者を送ったのはこの王様だったのですが――ほんとうに侮辱されたと信じこんで、報復のため、ギャンゲに宣戦を布告しました。ギャンゲは初めはこれにはひどく困惑しました。というのも、彼は勇敢な人間ではなく、殺されることを怖《おそ》れていたからですが、王妃が彼に言いました。

「すこしも悩むことはないわ。名誉になるという口実で、ティティをわが軍の司令官として送りこめばいいのよ。軽はずみな子だから、戦死するにちがいないけど、そうなれば、ミルティルに玉座を残してやれるから、むしろ喜ばしいことじゃないの」

すばらしい思いつきだと考えた王様は、ティティを田舎から呼び戻して、全軍の総司令官に任命しました。そして、命を危険にさらす機会が増えるように、彼に戦争ならびに和平に関する全権を与えました。

王国の国境に到着したティティは、そこで敵を迎え撃つことにして、そこを通らなければ入ってこられない谷間の隘路《あいろ》に砦《とりで》を築きはじめました。ある日、兵士たちの作業を監督しているとき、彼は喉《のど》が渇いたので、近くの山の上に見える家まで水をもらいに行きました。その家の主《あるじ》はアボールという男で、水を飲ませてくれましたが、ティティが家から出ていこうとすると、目もくらむほど美しい娘が入ってきました。アボールの娘のビビでした。この美しい娘にすっかり魅せられた王子は、さまざまな口実を設けて何度となくその家に行きました。そして、幾度かビビと言葉を交わすうちに、彼女がとても慎み深く、才気にあふれていることを知り、胸のうちではこう考えるようになりました。〈もしも自分の自由にできるなら、ビビと結婚したいものだ。王女の生まれでこそないけれど、彼女ほどの美徳の持ち主なら王妃にふさわしいだろう〉この娘に対する恋心が日に日に募り、彼はとうとう手紙を書く決心をしました。けれども、貞淑な娘は男からの手紙を受け取るものではないことを知っていたビビは、王子からの手紙を開封せずに父親に渡しました。アボールは、王子が娘に恋をしていることを知ると、ティティを愛しているのかとビビに訊《たず》ねました。生まれてから一度も嘘《うそ》をついたことのないビビは、王子はとても誠実な人に見えるので、愛さずにはいられないと答えましたが、さらにこうつづけました。

「わたしは羊飼いの娘にすぎないので、彼と結婚できないことはよくわかっています。ですから、わたしをここから遠いところに住む叔母さんのところに送ってください」

父親はその日のうちに彼女を発《た》たせ、王子は彼女を失った悲しみのあまり病床に伏してしまいました。アボールが王子に言いました。

「王子様、あなたを悲しませることになってとても残念に思います。けれども、わたしの娘を愛しているのなら、あの子を不幸にしたくはないはずです。愛してはいても結婚できない男の訪問を受けいれるような娘は、道路の泥みたいに軽蔑されることをあなたはよくご存じでしょう」

「聞いてくれ、アボール」と王子は言いました。「父の許可なしに結婚するなどという敬意を欠く真似《まね》をするくらいなら、わたしは死んだほうがましだと思っている。しかし、彼女をだれにも渡さないと約束してくれ。そうすれば、わたしが国王になったときには彼女と結婚するつもりだが、それまではけっして会おうとしないことを約束しよう」

その瞬間、部屋のなかに仙女が現れたので、王子はとても驚きました。そういう姿で現れるのを見たことがなかったからです。

「わたしはあなたが助け起こした老婆です」と仙女は王子に言いました。「あなたは非常に誠実な人間で、ビビはとても貞淑な娘ですから、ふたりをわたしの庇護《ひご》の下に置こうと思います。あなたたちは二年後に結婚するでしょう。けれども、それまでにはまだいくつもの難題が待ちかまえています。わたしは毎月一度あなたの前に現れて、そのときにはビビを連れてくることを約束します」

王子はこの約束に大喜びして、ビビに気にいられるようにできるだけの栄光を勝ち取ろうと決意しました。ヴィオラン王が彼に戦闘を挑んできましたが、ティティはその戦いに勝利したばかりか、ヴィオランを捕虜にしました。そして、敵の王国をすべてわがものにすべきだと忠告されると、彼は言いました。

「わたしはそうはしたくない。一国の臣民は外国人より自分たちの王を愛するものだ。その気持ちが変わることはないだろうから、人々はいずれ反乱を起こして、彼を王位に復帰させようとするだろう。ヴィオランも牢獄《ろうごく》を忘れないだろうから、絶えず戦争を繰り返すことになり、両国の臣民は不幸になるにちがいない。だから、わたしは何の条件もつけずに、ヴィオランを解放してやるつもりだ。彼が高潔な心の持ち主であることをわたしは知っている。だから、わたしたちの友人になってくれるだろう。わたしたちにとっては、自分のものではない王国よりも彼の友情のほうが価値がある。しかも、そうすれば、何千人もの命が犠牲になる戦争を避けることができるのだ」

ティティが予言したとおりになりました。彼の寛大さに感激したヴィオランは、ギヤンゲ王やその息子と永久に同盟を結ぶことを誓ったのです。

それにもかかわらず、息子が多額の身代金《みのしろきん》を払わせることもせずにヴィオランを解放したことを知ると、ギャンゲは激昂《げっこう》しました。じつはギャンゲ自身が息子に全権を与えて、自分の思いどおりに行動するように命じていたのですが、いくらそう言っても、彼は息子を許そうとはしませんでした。父親を愛し尊敬していたティティは、その不興を買ったことを悲しんで病に倒れてしまいました。

ある日、彼がひとりでベッドに横たわっていると、それが月の初めの日だとは気づかなかったのですが、窓から二羽のきれいなカナリアが入ってきました。その二羽のカナリアが本来の姿に戻ると、仙女と愛《いと》しいビビだったので、彼はとても驚きました。彼が仙女にお礼を言おうとしたとき、猫を抱いた王妃が部屋に入ってきました。この猫は王妃の大のお気にいりでしたが、それは食糧を食い荒らすネズミを獲《と》ってくれるうえに、猫には餌代がかからないからでした。カナリアを見ると、王妃はたちまち怒りだしました。こんなふうに飛びまわらせておいたら、家具に疵《きず》がついてしまうというのです。それでは籠《かご》に入れさせると王子は言いましたが、王妃はすぐに捕まえたい、わたしはカナリアが大好きだから、夕食に食べたいと言いだしました。王子が悲痛な声でいくら叫んでも、廷臣や奉公人たちが箒《ほうき》を手にして、カナリアを追いまわし、彼の言うことは聞きませんでした。従僕のひとりがかわいそうなビビをたたき落としたので、王子はベッドから跳ね起きて、助けようとしましたが、もうすこしで手遅れになるところでした。王妃の腕から抜け出した猫が、爪《つめ》に引っかけて殺そうとしたのです。しかし、その瞬間、さっと大きな犬に変身した仙女が猫に飛びかかって、息の根を止めてしまいました。それから、ビビといっしょに小さなネズミに変身して、ふたりは部屋の片隅の小さい穴に逃げこみました。愛しいビビが危険にさらされるのを見て、王子は気を失ってしまいましたが、王妃はそれにはおかまいなしに、死んだ猫にばかりかまけて、恐ろしい声でわめきちらし、王様に向かって言いました。この哀れな動物の敵《かたき》を取ってくれなければ、わたしは死んでやる。ティティは魔女とぐるになって、わたしを苦しめようとしているんだ。この子の相続権を奪ってそれを弟に与えないかぎり、わたしの心はいっときも安まらない。王様はそれに同意して、あしたにも王子を逮捕させて、裁判にかけることを約束しました。忠実なレヴェイエはこのときもぼんやりしてはいませんでした。彼は王様の執務室にもぐり込んでいて、これを知ると、すぐさま王子に知らせにいきました。その知らせの恐ろしさに王子の熱はたちまち下がり、馬に乗って逃げ出そうとすると、そのとき仙女が現れて、言いました。

「あなたの母親の意地の悪さと父親の意志の弱さにはもううんざりです。あなたに強力な軍隊を付けてあげますから、すぐお城に行って捕まえてしまいなさい。ふたりを息子のミルティルといっしょに牢屋に入れて、あなたが玉座に就き、すぐにビビと結婚すればいいんです」

「マダム」と王子は仙女に言いました。「わたしが命をかけてビビを愛していることはあなたもご存じだと思います。しかし、いくら彼女と結婚したいと思ってはいても、だからといって父や母への恩を忘れることはできません。両親に刃向かうくらいなら、わたしはいますぐ死んでしまったほうがましです」

「こちらにおいで、抱きしめてあげよう」と仙女は言いました。「わたしはあなたの美徳を試したのです。もしもわたしの言うとおりにしていたら、わたしはあなたを見捨てていたでしょう。しかし、あなたはそれに逆らう勇気をもっていた。だから、わたしはこれからもずっとあなたの味方になるつもりです。その証拠をひとつ見せてあげましょう。老人の姿を装《よそお》いなさい。けっしてだれにも見破られない姿に身をやつして、王国をめぐり歩き、人々がどんな不当な仕打ちを受けているか自分の目で見て、玉座に就いたときそれを改められるようにするのです。レヴェイエが宮廷に残って、あなたがいないあいだに起こる出来事をすべて知らせてくれるでしょう」

　王子は仙女に言われたとおり旅に出ましたが、至るところでぞっとするような光景を目にしました。裁判は金で左右され、領主たちは人々を搾取《さくしゅ》し、大貴族は弱い立場の人々をいじめ、そういうすべてが国王の名の下に行なわれていたのです。

二年後、レヴェイエが彼の父の死を知らせてきました。王妃はティティの弟に王位を継がせようとしましたが、誠実な人間だった四人の貴族が、ティティが生きていることをレヴェイエから聞いていて、それに反対したので、王妃は反乱を起こしたある地方に息子といっしょに逃げこむしかありませんでした。ティティは本来の姿に戻って、首都に入り、国王として認められました。そのあと、彼は王妃宛《あて》に鄭重《ていちょう》な手紙を書いて、反乱を起こさないように要請し、彼女と弟のミルティルに多額の年金を提供しました。けれども、大軍を擁していた王妃は、自分が欲しいのは玉座であり、彼の頭から王冠をもぎ取ってやるつもりだと書いてきました。その手紙を読んでも、ティティは母親に対する敬意を失うことはありませんでしたが……。この底意地の悪い女も、ティティの友人のヴィオラン王が大軍勢を率いて加勢に来ると聞くにおよんで、最後には息子の提案を受けいれざるを得なくなりました。その結果、王子は平和のうちに玉座に就くことができ、国中の人々に祝福されて、美しいビビと結婚しました。人々はとても美しい王妃を迎えられて大喜びでした。

玉座に就くと、ティティはこの国の秩序を立て直すことからはじめました。そのため、自分が受けた不当な扱いについて苦情を申し立てたい者はだれでも歓迎するように命じ、衛兵にはたとえ物乞いの男でも、王に話をしたいという者を追い返してはならないと命じました。「わたしはすべての臣民の父であり、富める者だけでなく貧しい者の父でもあるのだから」と、この心やさしい王は言うのでした。

初めのうちは、廷臣たちは王様のこういう言葉をたいして気にかけず、こんなふうに言っていました。「王様はまだ若い。こういうことはそんなに長続きするものじゃない。いずれ自分の楽しみに耽《ふけ》るようになって、政《まつりごと》はお気にいりの廷臣に任せざるを得なくなるだろう」

けれども、それは彼らの思い違いでした。ティティは時間の使い方がとても巧みで、どんなことにでも、それをする時間を見つけました。しかも、最初から不当な扱いをした者たちはすぐに罰したので、まもなく自分の務めを蔑《ないがし》ろにする者はいなくなりました。自分のために援軍を準備してくれたことのお礼を言うために、彼はヴィオラン王に使者を送りました。すると、ヴィオラン王は、もう一度彼に会いたいものだ、もしも彼が国境まで出向いてくれれば、喜んでそこに会いにいくのだが、と言ってよこしました。ティティの王国ではすべてが平穏であり、愛しいビビと初めてあった小さな家をもっときれいにしたいという思いもあって、そのためにもちょうどいい機会だったので、彼はこの催しに賛成しました。そして、ふたりの廷臣にその周囲の土地を買い上げるように命じましたが、強制収容はしないように指示しました。「わたしは自国の臣民に無理強いするような国王ではない。何といっても、だれもが自分のささやかな土地の主であるべきなのだから」というのでした。

それからほどなく、ヴィオランが国境に到着し、両国の宮廷がそこでひとつになりました。それはじつに華やかでした。ヴィオランはエリーズという名の一人娘を連れてきました。これは、ビビが結婚してからは、世界一美しい娘で、しかもとてもよい性格でした。ティティは妻のほかに、ブランシュという従姉妹《いとこ》のひとりを連れてきましたが、こちらも美しくて、貞淑なうえ、じつに才気にあふれていました。いわば田舎に来ているようなものだったので、どちらの王様も自由に振る舞うべきだと言いだして、夕食には貴婦人や貴族たちが国王や王女たちと同席することを許しました。そして、堅苦しい礼儀作法を抜きにするため、王様を〝陛下〟と呼ぶことを禁止して、そう呼んだ者からは一ギニーの罰金を取ることにしました。

一同がテーブルに着いて十五分もしないうちに、身なりのよくない小柄な老婆が入ってくるのが見えました。ティティとレヴェイエにはその老婆がだれかわかったので、出迎えにいきましたが、老婆が目くばせをしたので、正体を知られたくないのだろうと考えました。それで、ヴィオラン王と王女たちには、夕食をともにしたいと言っている親しい友人のひとりとして紹介しました。老婆はなんの遠慮もなくヴィオランの隣の椅子《いす》に腰をおろしました。畏《おそ》れ多いのでだれもあえて坐ろうとしなかった席にです。そして、この王様に向かって言いました。

「友だちの友だちは友だちだから、わたしがあなたに対して自由に振る舞ってもかまわないでしょう?」

もともとちょっと気位の高かったヴィオランは、この老婆のなれなれしさに面食らいましたが、すこしも顔には出しませんでした。そして、この老婆にも〝陛下〟と言うたびに罰金を払わなければならないと警告しましたが、テーブルに着くやいなや、彼女はヴィオランに向かって言いました。

「陛下はわたしのなれなれしさに驚いていなさるようだが、これはむかしからの習慣でね、いまさら直すにはわたしは歳《とし》をとり過ぎている。だから、陛下にはお許しを願いたいものですな」

「罰金だ!」とヴィオランが大声で言いました。「一ギニーだぞ」

「陛下にはお怒りにならないでいただきたい」と老婆は言いました。「陛下と言ってはならないことを忘れていたんですよ。それにしても、陛下がお忘れなのは、陛下と呼ぶのを禁じることで、陛下は自分が禁じようとしているその厄介な敬意をみんなに忘れないようにさせているということですな。それではまるで会食に招待した人たちに向かって、彼らが自分より下であるにもかかわらず、親しみを示すために『わたしの健康に乾杯してくれ』と言うようなもので、それほど無礼な言い草はない。それこそ『あんたたちは、わたしが許可しないかぎり、わたしの健康のために乾杯できる身分じゃないことを忘れるんじゃないぞ』と言っているようなものですからね。ところで、わたしがこんなことを言うのは、罰金の支払いを逃れるためじゃありませんよ。ほら、七ギニー」

そう言うと、彼女はポケットから百年前から使っているみたいに擦りきれた財布を取り出して、七ギニーの金貨をテーブルに投げ出しました。ヴィオランは老婆を笑うべきか怒るべきかわかりませんでした。彼はちょっとしたことでもかっとしやすい性質《たち》で、頭に血が上りかけていましたが、それでもティティへの配慮からなんとか気持ちを抑えつけて、冗談にしてしまおうとしました。

「それなら、お婆さん」と彼はその老婆に言いました。「あなたにはお好きなように話していただきましょう。あなたが陛下と言おうが言うまいが、わたしがあなたの友人になりたいと思っていることに変わりはないんだから」

「わたしもそのつもりですよ」と老婆は答えました。「だからこそ、わたしはあえて自分が感じたことを言ったんだし、その機会があるたびに何度でも言うつもりなんです。間違ったことをしていると思ったとき、それを注意してやることほど友人のためになることはないんだから」

「それはどうかな」とヴィオランが答えました。「わたしはそんな忠告には耳を貸す気になれないときもありますからな」

「認めたらいかがかな、王様」と老婆が言いました「じつはいまもあまり聞く気はないということを。わたしを遠慮なくたたき出せる自由が得られるなら褒美をやってもいいと思っていなさることを。それこそわれらが英雄だ。敵前から逃亡し、戦わずして勝利を譲ったと非難されると悲嘆にくれるが、自分の怒りを抑えるだけの勇気がないことは平然と認めるんですからな。自分の感情に腑《ふぬ》抜けみたいに屈するほうが、常に勝てるとは限らない敵に屈するより恥ずべきことではないかのように。しかし、まあ、話題を変えましょう。これはあなたには愉快な話ではないでしょうから。わたしの小姓たちを呼び入れてもよろしいかな。みなさんにプレゼントがあるんです」

次の瞬間、老婆がテーブルをたたくと、その部屋の四つの窓から世界一かわいらしい四人の翼のあるこどもたちが入ってきました。それぞれがすばらしく豪華な宝石類があふれんばかりの籠を持っていました。同時に、ヴィオラン王が老婆に目をやると、驚いたことに、老婆はじつに豪奢《ごうしゃ》な身なりの、あまりにも美しい貴婦人に変身していたので、目がくらみそうになりました。

「ああ、マダム」と彼は仙女に言いました。「あなたはわたしをひどく怒らせた、あのセイヨウカリンとヘーゼルナッツの出どころだったお方ですね。いまになってわかりました。失礼をお許しください。これまではお目にかかる光栄には浴さなかったものですから」

「これでだれに対しても礼を欠かないようにすべきだということがおわかりでしょう」と仙女は言いました。「しかし、王様、わたしがべつに恨みに思ってはいない証拠に、あなたに贈り物をふたつ差し上げたいと思います。ひとつはこのゴブレです。これはダイヤモンドでできていますが、価値があるのはそれだからではありません。怒りに駆られそうになるたびに、これに水を満たして、三回に分けて飲むのです。そうすると、感情が鎮《しず》まって、理性に席を譲ります。このひとつめの贈り物を役立てることができれば、あなたはふたつめの贈り物にふさわしい人間になれるでしょう。あなたがブランシュ王女を愛しており、彼女もあなたを愛するに値する方だと思っていることをわたしは知っています。けれども、彼女はあなたが逆上しやすいことを怖れているので、あなたがこのゴブレを使うことにしなければ、結婚を承諾しないでしょう」

ヴィオランは、仙女が自分の欠点や愛情についてじつによく知っていることに驚きました。実際、彼はブランシュと結婚できればとても幸せだと思っていたのです。

「しかし」と彼は付け加えました。「ひとつだけ乗り越えなければならない障害があります。ブランシュの承諾が得られればとてもうれしいが、わたしが再婚すれば、自分の娘から王位の継承権を奪うことになるので、それが心配でいつも再婚すべきかどうか考えてしまうのです」

「それはなかなか立派な心がけです」と仙女は言いました。「こどもたちの幸せのために自分の愛情を犠牲にできる父親は、そんなにいるものではありませんからね。しかし、その心配には及びません。わたしの友人のひとり、モゴランの国王が後継ぎを残さずに亡くなったばかりで、わたしの忠告で、レヴェイエがその玉座に就くことになっています。この男は王家の生まれではありませんが、それにふさわしい人物です。しかも、彼はあなたの娘さんのエリーズを愛しており、エリーズはレヴェイエの忠実さのご褒美にふさわしい娘さんです。父親が結婚を承諾すれば、彼女はすこしも嫌がらずに彼と結婚するでしょう」

それを聞くと、エリーズは顔を赤らめました。たしかに彼女はレヴェイエがとてもすてきだと思っており、主人に対する彼の忠実さについての話には喜んで耳を傾けていたのでした。

「マダム」とヴィオランは言いました。「わたしたちは互いに胸襟《きょうきん》をひらいて話をしてきました。実際、わたしはレヴェイエを高く買っています。ですから、しきたりに縛られるということがなければ、彼が王家の血筋ではなくても、娘をやるのに異存はありません。しかし、人間というものは、とりわけ王たるものは、一般に受けいれられているしきたりを尊重しなければなりません。自分の娘を、世界でももっとも古い家系のひとつから出た娘を、ただの貴族にやるのはこのしきたりに反することになります。ご存じのように、わたしたちは三百年前から玉座を守っているのですから」

「王様」と仙女は言いました。「ご存じないかもしれないが、レヴェイエの家系もあなたとおなじくらい古いんですよ。あなたたちは親類で、ふたりの兄弟から出ているんです。しかも、レヴェイエのほうが一段上です。というのも、彼は長男の家系だが、あなたの父親は次男の系統でしかないからです」

「もしそれをわたしに証明できるなら」とヴィオランは言いました。「たとえレヴェイエが国王の座に就くことを故モゴラン王の臣民が拒否したとしても、わたしは娘を彼に嫁がせることを誓います」

「レヴェイエの家系の古さを証明することほど簡単なことはありません」と仙女は言いました。「彼はペロポネソス半島に住み着いたエリシャの子孫ですが、エリシャはヤペテの長男で、ヤペテはノアの息子です。そして、あなたはこのヤペテの次男の家系から出ているのです」

仙女が真面目《まじめ》な顔をしてヴィオランをからかっているのを見て、だれもが吹き出すのをこらえるのに苦労していました。ヴィオランは、体の底から怒りがこみ上げるのを感じましたが、そのとき、すぐ隣にいたブランシュ王女がダイヤモンドのゴブレを差し出しました。彼は仙女に言われたようにそれを三回に分けて飲み干し、そのあいだにこんなふうに考えました。たしかにすべての人間は、その生まれをたどっていけば、だれもがノアの子孫なのだから、じつは対等だということになり、ほんとうに違いがあるとすれば、それは美徳の積み重ねによって生まれる違いだけなのかもしれない。ゴブレを飲み干してしまうと、彼は仙女に言いました。

「ほんとうに、マダム、あなたには何とお礼を言えばいいか……。あなたはたったいまわたしのふたつの大きな欠点を改めさせてくれました。自分の貴族としての血筋へのこだわりと、すぐにいきり立つ性癖です。わたしはあなたからいただいたゴブレの効力に感嘆しております。飲んでいるうちに、怒りが鎮まっていくのを感じましたし、三回飲むあいだによく考えることで、結局は理性的になれました」

「あなたを騙したくはないので明かしますが」と仙女は言いました。「わたしが差し上げたゴブレにはじつはなんの効力もないのです。ここにいらっしゃるみなさんに、三回に分けて飲まれた水の魔法をお教えしたいと思います。理性的な人間は、怒りの感情にふいを襲われるのでなければ、よく考える時間さえあれば、けっして怒りに身をゆだねることはありません。ところが、このゴブレに水を満たさせて、それを三回に分けて飲むには時間がかかります。すると、そのあいだに神経が鎮まって、考えることができるようになり、この儀式が終わるころには、理性が感情を抑えるゆとりができるというわけなのです」

「実際」とヴィオランは言いました。「きょうはこれまでの半生よりも多くのことを学びました。ティティは幸せだ。こんな庇護者がいれば、あなたはこの世界でもっとも偉大な王になれるだろう。願わくば、あなたがこのご婦人に対してもっている影響力を行使して、わたしも友人のひとりにしてくれるという約束を彼女が忘れないようにしてほしいものだ」

「それははっきり覚えているので、わたしが忘れるはずもありません」と仙女は言いました。「しかも、すでにその証拠を見せてあげたではありませんか。あなたがわたしの言うことを聞くかぎり、わたしはそうするつもりだし、生きているかぎりずっとそれがつづくことを祈っています。けれども、きょうはこのくらいにして、あとはあなたの結婚とエリーズ王女の結婚をお祝いして楽しむことにしましょう」

そのとき、ビビの実家のまわりの土地や建物をすべて買い取るように言われていた廷臣たちが話をしたがっていると言ってきました。ティティは彼らを部屋に入れるように命じ、廷臣たちはその小さな家の改築工事の設計図を見せました。家には大きな庭園を追加し、さらに広い公園も造る計画で、公園の並木道のひとつのどまんなかにある、ひどく不釣り合いな小屋を取り壊すことさえできれば、完璧《かんぺき》になるはずでした。

「で、どうしてこのあばら屋を取り壊せないのかね?」と、ヴィオラン王が廷臣と建築家たちに訊ねました。

「陛下」と彼らは答えました。「わたしたちは王様からだれにも無理強いしてはならないと命じられました。それで、わたしたちが実際の価値の四倍も支払うと申し出たにもかかわらず、家を売りたがらない男が出てきたわけです」

「その厄介者がわが国の臣民なら、縛り首にしてやるんだが」とヴィオランが言いました。

「その前にゴブレを飲み干すことですね」と仙女が言いました。

「ゴブレでもそいつの命を救うことはできないと思います」とヴィオランが答えました。「というのも、国王が自分の国で思いどおりにできないなんて、ひとりのゲス野郎が強情を張っているばかりに、完成させたいと思っている工事をあきらめなければならないなんて、じつに恐ろしいことじゃありませんか？　本来ならば、無理強いせざるを得なくさせたり計画をあきらめさせたりせずに、自分の主人に恩恵を施して一財産稼げるのだから、身にあまる幸せだと思ってもいいはずなのに」

「わたしは強制するつもりも、計画をあきらめるつもりもありません」とティティは笑いながら言いました。「その小屋をわたしの公園最大のシンボルにしてしまおうと思うんです」

「いや、そんなことができるものですか」とヴィオランが言いました。「すべてを台無しにするような場所に建っているんだから」

「わたしはこんなふうにするつもりです」とティティは言いました。「その小屋を壁で取り囲みます。壁はその男が公園に入りこむことができないくらいの高さはあるが、周囲が見えないほどではないようにします。男を牢獄に閉じこめるような目に遭わせるのは公平ではありませんからね。その壁は両側につづいていて、壁には黄金の文字でこう書きつけるのです。〈この公園を建設した王は、臣民のひとりが祖先から受け継いだ土地――この土地については、国王は力尽くでそれを奪う権利以外の権利はもたない――を奪うことで、その臣民に対して不公平になるよりは、この欠陥をそのまま残すことを選んだ〉」

「どうも、恐縮させられることばかりです」とヴィオランは言いました。「白状してしまいますが、わたしは偉大な人間を偉大たらしめる気高い美徳がどういうものか考えたこともありませんでした。たしかに、ティティ、その壁はあなたの公園のシンボルになり、それを造らせたすばらしい行ないはあなたの生涯を象徴するものになるでしょう。それにしても、マダム、ティティがこんなに自然に徳の高い考えに向かえるのはどうしてなんでしょう？　いまも言ったように、わたしは思いつくことさえできなかったのですが」

「王様」と仙女は答えました。「ティティは、彼に我慢できなかった両親に育てられたので、生まれてからずっとすることなすこと反対されつづけていました。その結果、どうでもいいことについては、他人の意志に従うことに馴《な》れてしまったのです。父親が生きているあいだは、彼は王国ではなんの権利もなく、どんな恩恵を施すこともできなかったし、国王が相続権を取り上げたいと思っていることを知っていたので、取り巻き連はあえて彼を甘やかそうともしませんでした。彼は怖れるに足りないし、彼からはなにも期待できないと思っていたからです。そういう人たちから見放されて、ティティは正直な人々のあいだで暮らすことになりましたが、それは自分たちの唯一《ゆいいつ》の義務は主人に尽くすことだと考えている人々でした。彼らのあいだで暮らすうちにティティが学んだのは、国王は善を施すときには完全に自由だが、人々を苦しめなければならないときには行動を制限されるべきだということです。王が統治しているのは自由な人間であって、奴隷《どれい》ではないのです。人々が王権を与えることで、本来は対等な人間に服従するのは、父親的な存在が、法に基づく庇護者が、貧しい者や虐《しいた》げられた者たちの避難所が必要だからです。

あなたはこういう大いなる真実を聞いたこともなかったでしょう。あなたは十二歳で王位に就き、あなたの教育を委《ゆだ》ねられた教育係たちは、あなたに気にいられることで自分たちの財産を殖《ふ》やすことしか考えていませんでした。だから、あなたの傲慢《ごうまん》さを気高い自尊心と呼び、かっとしやすい性質を大目に見るべき活発さと呼んで、一言で言えば、あなたとあなたの哀れな臣民たちを不幸にしてきたのです。あなたは自国の臣民を奴隷と見なし、そういうものとして扱ってきました。彼らが生まれてきたのはあなたの気まぐれを満足させるためだと考えていたからです。じつは、ほんとうは、あなたのほうが人々を守り、保護するという務めを果たすために存在しているのですが」

ヴィオランは仙女から言われたことがたしかに真実だと認めました。そして、自分の務めを知ると、それを果たすため自分に打ち勝とうと努力しました。その決意を実行するうえで励ましになったのは、美徳をもったまま玉座に就き、その後もそれを失うことのなかったティティとレヴェイエというふたりのお手本でした。

スピリチュエル王子

Le Prince Spirituel

むかし、ある王様と結婚したがっている仙女がありました。けれども、この仙女はひどく評判が悪かったので、王様はだれにもよく思われていない女の夫になるくらいなら、その怒りに身をさらすほうがましだと考えました。まともな男にとって、自分の妻が軽蔑《けいべつ》されるのを見るほど居たたまれないことはないからです。ディアマンティーヌ（ダイヤの輝き）という善良な仙女が、自分の育てた若い王女をこの王様と結婚させて、仙女フュリー（激怒）から守ってやると約束しました。ところが、その後まもなく、フュリーが仙女の女王に選ばれたので、ディアマンティーヌをはるかに上まわる力をもつことになり、仕返しができるようになりました。彼女は王妃の出産の床のかたわらに現れて、彼女が生んだばかりの王子に世にふたつとない醜さという素質を授けました。フュリーが立ち去ってしまうと、王妃のベッドと壁の隙間《すきま》に隠れていたディアマンティーヌが王妃を慰めようとしました。

「元気を出してください」と仙女は言いました。「あなたの敵の悪意にもかかわらず、息子さんはそのうちとても幸せになるんですから。この子をスピリチュエル（知性的）と名づけなさい。この子は可能なかぎり最高の知性に恵まれるだけでなく、自分がもっとも愛する人にもそれを授けることができるようになるでしょう」

とはいえ、幼い王子はあまりにも醜かったので、人はその顔を見るたびにぞっとせずにはいられませんでした。泣いても笑っても、あまりにも醜いしかめ面《つら》をするので、遊び相手に送りこまれたこどもたちは怖がって、野獣だと言いだす始末でした。

王子が物心つく年ごろになると、人々は彼の話を聞きたがるようになりましたが、だれもが目をつぶって聞きました。たいていは自分が何を望んでいるかも知らない民衆は、スピリチュエルをひどく嫌って、王妃がふたりめの息子を生むと、この次男に王位を継がせるように王様に迫りました。この国では、民衆が自分たちの主《あるじ》を選ぶ権利をもっていたからです。スピリチュエルは文句も言わずに王位継承権を弟に譲り、肉体の美しさばかりを崇《あが》め立てて魂のそれは気にもかけない人間の愚かさに嫌気がさして、世を捨てて孤独な隠遁《いんとん》生活に入りました。けれども、そうやって叡知《えいち》を学ぶことに没頭することで、彼はとても幸せになりました。それは、しかし、仙女フュリーの目論見《もくろみ》ではありませんでした。彼女は王子をみじめにしたかったのです。そこで彼から幸せを奪うためにこんなことを企《たくら》みました。

フュリーにはシャルマン（魅力的）という名の息子がありました。この子は世にまたとないほど愚かでしたが、それでも彼女は溺愛《できあい》していました。そして、どんな代償を払っても息子を幸せにしたいと思っていたので、非の打ちどころないほど美しい王女をさらってきました。ただ、シャルマンの愚かさに嫌気が差すことがないように、彼女も息子とおなじくらい愚かになることを望んでいたのです。アストル（天体）という名のこの王女は、シャルマンといっしょに暮らしていましたが、十六歳になるにもかかわらず、読み書きを覚えることができませんでした。フュリーはこの王女の肖像画を描かせて、それをスピリチュエルがひとりの使用人だけと暮らしている小さな家にみずから持っていきました。フュリーの悪意にみちた企みがまんまと成功して、スピリチュエルはアストル王女が敵の宮殿にいることを知っていたにもかかわらず、恋に落ちて、そこに行こうと決心しました。しかし、一瞬後には自分の醜さを思い出し、自分はこの世でいちばん不幸な男だと思いました。この美しい娘の目には自分が恐ろしいものに映るにちがいなかったからです。会いにいきたいという気持ちに長いあいだ抵抗していましたが、しまいにはとうとう感情が理性を凌駕《りょうが》して、彼はお供を連れて出発しました。フュリーはそれを見て、これで思う存分責めさいなんでやれると大喜びしました。アストルは家庭教師のディアマンティーヌと庭を散歩していましたが、王子が近づいてくるのを見ると、大きな悲鳴をあげて、逃げだしました。しかし、ディアマンティーヌがそれを押し止《とど》めたので、彼女は両手で顔を隠して、この仙女に言いました。

「ねえ、あの醜い男を追い出してちょうだい。わたし死ぬほど怖いのよ」

王子は、彼女が目をつぶっている合間を利用して、とても感じのいい挨拶《あいさつ》をしましたが、彼女はあまりにも愚かでそれを理解できず、いわばラテン語で話しかけられたようなものでした。そのとき、フュリーが彼をばかにして、思いきり笑っている声が聞こえました。

「初めてだから、このくらいにしておこう」と彼女は王子に言いました。「わたしが用意してやった部屋に引き下がるがいい。そこから好きなだけ王女を見るという楽しみを味わわしてやろう」

スピリチュエルはこの底意地の悪い女に罵詈《ばり》雑言を浴びせかけた、とみなさんは思うかもしれません。しかし、彼はそんなことをするほど愚かではありませんでした。彼女が自分を怒らせようとしているのはわかっていたので、激昂《げっこう》して喜ばせるようなことはしなかったのです。それでも、彼はとても悲しみました。アストルがシャルマンと話しているのを聞くと、悲しみはさらに深くなりました。彼女があまりにもばかげたことを言うので、それまでの半分も美しいとは思えなくなり、いっそ彼女のことは忘れて、孤独な隠遁生活に戻ろうと彼は決心しました。そして、ディアマンティーヌに別れの挨拶をしにいくと、驚いたことに、この仙女は言ったのです。彼はここから出ていくべきではない、わたしは王女が彼を愛するようになる方法を知っていると！

「それはとてもありがたいことですが、マダム」とスピリチュエルは答えました。「わたしは急いで結婚したいとは思っていません。アストルが魅力的なのは認めますが、それは彼女が黙っているときだけです。仙女フュリーは彼女の会話を聞かせることで、わたしの目を覚まさせてくれました。わたしはアストルのすてきな肖像を持っていくことにします。肖像はけっして口をききませんから」

「そんな偉そうなことを言っても」とディアマンティーヌは言いました。「あなたの幸せはこの王女と結婚できるかどうかにかかっているのですよ」

「はっきりしているのは、マダム、耳が聞こえなくならないかぎり、わたしは彼女と結婚するつもりはないということです。それだけではなく、記憶力も失う必要があります。さもなければ、あの会話を記憶から消し去ることはできませんから。それより、もしもそんな女《ひと》がいるとしてですが、わたしは自分より醜い女《ひと》と百回結婚するほうがましだと思っています。まともな会話をすることもできず、いっしょにいるときには、口をひらくたびに非常識なことを聞かされるのを怖《おそ》れて、いつも震えていなければならないほど愚かな相手と結婚するくらいなら」

「そんなふうに怯《おび》えるのはおかしいわ」とディアマンティーヌは言いました。「では、あなたの母上とわたししか知らない秘密を教えてあげましょう。じつは、わたしはあなたに、あなたがいちばん愛する人に知性を与える能力を授けたのです。だから、あなたがそう願いさえすれば、アストルはこのうえなく知的なひとになれるでしょう。そうすれば、彼女は完璧《かんぺき》になるはずです。もともとまたとないほどいい子なのだし、とてもやさしい心の持ち主なんだから」

「ああ、マダム」とスピリチュエルは言いました。「そんなことになったら、わたしはとてもみじめな思いをするでしょう。アストルはあまりにも魅力的すぎて、わたしは安心できないでしょうし、彼女の気にいられるにはわたしはあまりにも凡庸だということになるでしょう。だが、それでもかまいません。彼女の幸せのためなら、わたしは自分の幸せを犠牲にするつもりです。だから、わたしが与えられるかぎりの知性を彼女に授けてやってください」

「それはなんとも心のひろいことですね」とディアマンティーヌが言いました。「このよい行ないが報われるといいけれど……。夜の十二時に宮殿の庭に行きなさい。その時刻にはフュリーは眠らなければならず、三時間のあいだすべての能力を失うのです」

王子が引き下がると、ディアマンティーヌはアストルの部屋に行きました。アストルは、深い夢想に耽《ふけ》っている人みたいに、両手で頭を抱えて坐《すわ》っていました。ディアマンティーヌが声をかけると、アストルが言いました。

「ああ、マダム、わたしの頭のなかで起こっていることが見えたら、あなたはとても驚くでしょう。しばらく前から、わたしは別世界にいるみたいなんです。わたしは考え、思いをめぐらせています。いろんな考えがひとつのかたちになっていって、それがこのうえなく楽しいんです。自分が本や学問を毛嫌いしていたことを思い出すと、恥ずかしくてたまりません」

「それなら」とディアマンティーヌが言いました。「それを改めればいいでしょう。あなたは二日後にシャルマン王子と結婚します。そのあと好きなだけ勉強すればいいんです」

「ああ、マダム」とアストルはため息をつきながら答えました。「わたしがシャルマンと結婚する運命だなんて、そんなことがあり得るんでしょうか？　彼はあんなに愚かなのに。ぞっとして身震いせずにはいられないほど愚かなのに。それにしても、どうしてわたしはもっと早くあの王子の愚かさに気づかなかったのかしら？」

「それはあなた自身も愚かだったからです」と仙女は言いました。「でも、ほら、シャルマン王子がやってきましたよ」

　実際、スズメの巣を入れた帽子を持って、王子が部屋に入ってきました。

「ほら、これ」と彼は言いました。「先生をかんかんに怒らせてしまったよ。教科書を読む代わりにこの巣を取りにいってしまったから」

「まあ、先生が怒るのもむりはないわ」とアストルが彼に言いました。「あなたの歳《とし》の男の子が本も読めないなんて恥ずかしくないの？」

「ああ！　きみも先生とおなじくらいうるさいな」とシャルマンが答えました。「ぼくにはこういう学問のほうが必要なんだ。世界中のどんな本より、ぼくは玩具《おもちゃ》やボールのほうが好きなのさ。それじゃ、ぼくは遊びに行くよ」

「で、わたしはあのおばかさんの奥さんになるの？」と、彼が部屋から出ていくと、アストルは言いました。「言っておきますけど、彼と結婚するくらいなら死んだほうがましよ。さっき会った王子様とはなんという違いかしら！　たしかにあの方はとても醜いけれど、お話を思い出すと、そんなにひどくはないような気がしてくるわ。あの方はなぜシャルマンみたいな顔をしていないのかしら？　でも、結局、顔の美しさなんて何になるというの？　病気になれば失ってしまうかもしれないし、歳をとれば確実に消えてしまうのに。そうなったら、知性がない人たちにはあとに何が残るのかしら？　ほんとうは、どちらかを選ばなければならないとしたら、醜さにもかかわらず、わたしはあの王子様を選びたい。みんながわたしを結婚させたがっているあのばかな人より」

「そんなに分別のある考え方ができるなんて、とてもうれしいけれど」とディアマンティーヌは言いました。「ひとつだけ忠告をしておきます。あなたの知性をフュリーに悟られないように、細心の注意を払って隠しておくことです。あなたのなかで起こった変化を知られたら、すべてが台無しになってしまいますからね」

アストルは自分の教育係の忠告に従うことにしました。十二時の鐘が鳴ると、この善意の仙女は王女に庭に下りることを提案しました。ふたりがベンチに腰をおろすと、まもなくスピリチュエルがやってきました。アストルが話すのを聞いて、自分とおなじくらいの知性が与えられたことを確信したとき、彼はどんなに喜んだことでしょう！　アストルのほうもこの王子との会話にすっかり心を奪われました。そして、自分に知性が与えられたのはじつはスピリチュエルのおかげだったことをディアマンティーヌから聞かされると、月が明るかったので、顔がはっきりと見えていたにもかかわらず、感謝の気持ちが彼の醜さを忘れさせてしまいました。

「あなたにはとても感謝しています」と彼女は言いました。「どうすればその恩義に報いることができるのでしょう？」

「それは簡単です」と仙女が答えました。「スピリチュエルの奥さんになればいいんです。彼があなたに知性を与えたのとおなじように彼を美しくしたければ、それはあなたしだいなんですよ」

「それではわたしはすこしもうれしくありません」とアストルは答えました。「わたしはいまのままのスピリチュエルが好きなんです。彼がきれいになるかどうかは気になりません。彼はすてきです。それだけでわたしには十分なんです」

「あなたはたったいま彼のすべての不幸を終わらせました」とディアマンティーヌが言いました。「あなたが彼をきれいにするという誘惑に負けていたら、あなたはフュリーの支配下から抜け出せなかったでしょう。でも、いまでは、彼女の怒りを怖れる必要はなくなったのです。あなたたちをスピリチュエルの王国に連れていってあげましょう。彼の弟は亡《な》くなっているので、フュリーが人々に吹きこんだスピリチュエルへの憎悪心《ぞうおしん》はもう残ってはいませんから」

実際、王国の人々はスピリチュエルの帰還をおおいに歓迎し、彼が戻ってから三カ月もしないうちに、彼の顔には馴《な》れてしまいましたが、彼の知性に対する賛嘆の念はいつまでも消えることがありませんでした。

きれいな娘と醜い娘

Bellotte et Laideronnette

むかし、ある貴族にふたごの娘がいて、それぞれにぴったりの名前が付けられていました。とても美しい長女はベロット（きれいな子）、非常に醜い次女はレードロネット（醜い子）と呼ばれていたのです。ふたりには家庭教師が付けられて、十二歳になるまでは、ふたりとも熱心に勉強をしましたが、そのころになると、母親がばかな真似《まね》をしました。まだたくさん学ぶことが残っているとは考えずに、ふたりを社交界の集まりに連れていったのです。ふたりとも楽しいことは大好きで、人と会えるのはうれしかったので、勉強をしているときもそのことしか考えなくなり、家庭教師は退屈だと思うようになりました。娘たちは勉強をしなくても済むようにありとあらゆる口実を見つけました。誕生会をしなければならないとか、舞踏会や社交の集まりに招待されているとか、一日がかりで髪を整えなければならないとか。そして、しばしば自分たちの名刺にきょうは来るには及ばないと教師たちに書いて送るようになったのです。一方、教師たちのほうも、ふたりの娘が熱心でなくなったのを見て取ると、あまり勉強を教える気がなくなってしまいました。この国では、教師は単にお金を稼ぐために教えていたわけではなく、生徒たちの進歩を見るのを楽しみにしていたからです。教師たちはあまり来なくなり、娘たちはそれを喜びました。

ふたりが十五歳になるまでそういう生活がつづきました、そのくらいの歳《とし》になると、ベロットはさらにきれいになり、見る人のだれもが感嘆するようになりました。母親が娘たちを連れていくと、社交界の男たちはみんなベロットのご機嫌を取ろうとしました。唇を称讃《しょうさん》する者がいるかと思うと、彼女の目や手や腰を褒めたたえる者もいて、そういうあらゆる讃辞を呈しているあいだ、彼らは妹がそこにいることにさえ気づきませんでした。レードロネットは自分の醜さが死ぬほど悔しくて、やがて社交界や人との付き合いが大嫌いになりました。好意をもたれ持てはやされるのは姉に決まっていたからです。そのため、彼女はもう出かけたくないと思うようになり、ある日、最後には舞踏会になる集まりに招待されていたとき、頭痛がするので家にいたいと母親に言いました。

初めのうち、彼女は死ぬほど退屈でした。暇をつぶすために、母親の蔵書室に小説を探しにいきましたが、腹立たしいことに、姉が鍵《かぎ》を持っていってしまっていました。

父親にも蔵書室がありましたが、堅苦しい本ばかりで、大嫌いだったのです。けれども、そのなかの一冊を選ばざるを得なくなり、彼女が手にしたのは書簡集でしたが、その本をひらくと、こんな手紙が目に入りました。

美しい人たちの大半がきわめて愚かでぼんやりしているのはどうしてなのか、とあなたはお尋ねです。わたしはその理由を説明できると思います。そういう人は生まれつきほかの人より頭が鈍いというわけではありません。ただ、それを養い育てることをおろそかにしたのです。どんな女性にも虚栄心があり、他人に気にいられたいと思うものです。醜い女性は自分の顔のために愛されることはないのを知っているので、知性で引けをとらないようにしようと考えます。だから、熱心に勉強して、生まれつきにもかかわらず、愛される価値のある人間になるのです。それとは反対に、美しい人は自分の姿を見せさえすれば、人に好かれ、虚栄心が満足してしまいます。そして、物を考えることがないので、自分の美しさがしばらくのあいだしかつづかないことを思ってみることもないのです。そのうえ、自分の身支度や、自分を見せて讃辞を受け取るため社交の集まりを駆けまわるのに忙しくて、たとえその必要があることはわかっていても、教養を高める暇《いとま》はありません。その結果、幼稚なことやおしゃれや観劇のことしか頭にない愚かな人間になってしまうのです。しかし、天然痘やほかの病気でそれ以前に損なわれることがないとしても、美しさは三十歳、せいぜい四十歳までしかつづきません。ところが、若いうちでなければ、なにも身につけることはできないので、もはや美しくなくなったかつての美しい娘は、死ぬまで愚かなままでいることになるのです——生まれたときにはほかの人とおなじ知力があったにもかかわらずです。それに反して、とても魅力的になった醜い人は、病気や老いなど気にもかけません。それで失われるものはなにもないからです。

自分のために書かれたかのようなこの手紙を読んだあと、レードロネットはそこから学びとった教訓を実際に活《い》かそうと決心しました。そして、改めて家庭教師を頼んで、熱心に本を読み、読んだことについてよく考えるようにしました。しばらくすると、彼女はなかなかの美質をそなえた娘になりました。母親に連れられて人のなかに出ていかざるを得ないときには、いつも知性や良識がありそうな人のそばに行き、いろいろな質問をして、耳に入るよいことをしっかり心に刻みつけたばかりか、もっとよく覚えていられるように書きとめる習慣までつきました。十七歳になるころには、じつに巧みに話したり書いたりできるようになったので、ひとかどの人物はみんな彼女と近づきになりたがり、手紙をやりとりしたりするようになりました。

ふたりの姉妹はおなじ日に結婚しました。ベロットは弱冠二十二歳の魅力的な王様と結婚し、レードロネットが結婚したのはその王様の大臣で、四十二歳になる男でした。この男は彼女の知性を認めて、それを高く買っていたのでした。彼が妻にすることにしたこの娘はひとめで恋をするような容貌《ようぼう》ではなく、彼が抱いているのは友愛的な愛情でしかないことを当人がレードロネットに認めていました。しかし、それはまさに彼女が望んでいたことだったので、彼女はすこしも姉が羨《うらや》ましいとは思いませんでした。姉が結婚した王様は彼女にすっかり夢中で、一分たりともそばを離れようとせず、一晩中彼女のことを夢見ている有様で、ベロットは三カ月はとても幸せでした。けれども、その期間が過ぎると、妻の姿を心行くまで見た夫は、その美しさにも馴《な》れて、妻のためにすべてを犠牲にすべきではないと思うようになりました。そして、狩りに行ったり、妻を連れずに楽しみの集まりに出かけたりしましたが、ベロットにはそれはとんでもないことだと思われました。夫はいつまでも自分を熱烈に愛してくれると信じていたので、愛情が薄れていくのを見ると、この世に自分ほど不幸な人間はいないと感じたのです。彼女がそのことで愚痴を洩《も》らすと、夫は怒りだしました。それでも、ふたりは仲直りしましたが、彼女が毎日のように愚痴を繰り返すので、王様はうんざりしてしまいました。そのうえ、ベロットは息子を生んだあと瘦《や》せて、美しさがかなり衰えてしまったので、彼女の美しさしか愛していなかった夫はしまいには彼女をまったく愛さなくなりました。胸に巣くった悲しみで、彼女の顔は台無しになり、しかも、なんの教養もなかったので、会話はひどく退屈でした。いつも悲しげな顔をしているので、若い人たちはうんざりし、良識のある年配の人たちも、頭が空っぽな彼女には退屈してしまうので、結局、彼女はほとんど一日中ひとりでいることになりました。その彼女をさらに絶望的な気分にさせたのは、妹のレードロネットが世界一幸せそうなことでした。妹の夫は仕事のことも彼女に相談し、自分が考えていることをすべて打ち明けて、彼女の助言に基づいて行動し、どこへ行っても、妻はこの世で最高の友人だと言うのでした。才気のある人だった王様までが、義理の妹との会話を好み、ベロットとは三十分もいっしょにいるとあくびが出ると言うのでした。彼女はヘアスタイルやファッションの話しかせず、彼はそういうことはなにも知らなかったからです。王様はますます妻を疎《うと》ましく思うようになり、しまいには彼女を田舎に送ってしまいました。田舎では彼女はひどく退屈して時間を持てあまし、妹のレードロネットが気をつかってできるだけ会いにきてくれましたが、それがなければ、悲しみで死んでしまったでしょう。ある日、妹が彼女を慰めようとしていると、ベロットが言いました。

「それにしても、あなたとわたしがこんなに違うのはどうしてなんでしょう？　あなたはとても知的なのにわたしの頭は空っぽだということは、いやでも目につくわ。小さいときには、わたしだって少なくともあなたとおなじくらい頭がいいって言われていたのに」

すると、レードロネットは自分に起きた出来事を彼女に語って聞かせ、それからこう言いました。

「田舎に送られてしまったことで、姉さんはひどく気を悪くしているけれど、人生最大の不幸だと思っているこのことを、その気になれば、上手に利用することもできるのよ。姉さんはまだ十九にもならないけれど、町ではいろいろと気が散って、勉強に身を入れるには遅すぎるかもしれない。でも、いまのようにひとりでいれば、知性に磨きをかけるのに必要な時間がいくらでもあるわ。ほんとうに時間はいくらでもあるのよ。ただ、本を読んだり、物事をじっくり考えたりすることに使わなくちゃならないけれど」

くだらないことで時間を無駄にする癖がついていたので、初めのうち、妹の助言に従うのはとてもむずかしかったのですが、必死に自分を抑えつけているうちに、なんとかうまくいくようになり、やがてあらゆる学問で驚くべき進歩を遂げて、理性的に考えることができるようになりました。哲学が不幸を慰めてくれたので、彼女はふたたびふくよかさを取り戻し、かつてないほど美しくなりましたが、本人はそんなことは気にもかけず、わざわざ鏡を見ようともしませんでした。そのあいだにも、夫はますます彼女を毛嫌いするようになり、とうとう結婚を解消してしまいました。彼女は心から夫を愛していたので、この最後の不幸に打ちひしがれそうになりましたが、妹のレードロネットがこう言って彼女を慰めました。

「悲しむことはないわ」と彼女は言いました。「わたしが姉さんのご主人を取り戻す方法を知っているから。なにも心配せずに、わたしの言うとおりにしてちょうだい」

王様はベロットとのあいだにすでに息子があり、この子が後を継ぐことになっていたので、急いで再婚する必要はなく、自分が楽しむことしか考えていませんでした。彼はレードロネットと話をするのが大好きで、ときおり、少なくとも彼女とおなじくらい知性ゆたかな女性が見つからないかぎり、けっして再婚するつもりはないなどと言っていました。

「でも、その女《ひと》がわたしとおなじくらい醜かったら？」と彼女は笑いながら答えるのでした。

「実際のところ、マダム」と王様は言いました。「そんなことではわたしは一瞬たりとも躊躇《ちゅうちょ》しないでしょう。顔の醜さには馴れてしまうものです。あなたの顔にももう馴れているので、わたしはあまり気になりません。あなたが話をしているときには、ほとんどきれいだと思えるくらいです。それに、じつを言えば、ベロットのせいでわたしは美人にはうんざりしてしまったんです。美しい女《ひと》を見るたびに、頭が空っぽなのではないかと思わずにはいられません。ばかげた答えが返ってくるのを怖《おそ》れて、あえて言葉をかける気にもなれないくらいです」

やがて、謝肉祭《カルナヴァル》の時期になると、だれにも正体を知られずに舞踏会に参加できたら、とても面白いだろう、と王様は思いつきました。それをレードロネットにだけは打ち明けて、仮面を付けていっしょに参加してほしいと頼みました。彼女は義理の妹だったので、だれにも文句はつけられないはずだし、たとえ正体が知られても、評判に瑕《きず》がつくおそれはなかったからです。それでも、レードロネットは夫の許可を求めましたが、彼女の夫は喜んで承諾しました。じつは、ベロットと和解させようという目論《もくろ》見《み》を成功させるため、王様にそういう考えを吹きこんだのは、この夫にほかならなかったからです。彼は妻と協力して王様に見捨てられた姉に手紙を書き、そのなかで王様がどんな衣裳《いしょう》をつけることになっているかを教えたのでした。

舞踏会がたけなわになったころ、仮面をつけたベロットがやってきて自分の以前の夫と妹のあいだに坐《すわ》り、とても気持ちのいい会話をはじめました。初め、王様は自分のもとの妻の声ではないかと疑いましたが、彼女が三十分も話さないうちに、そんな疑いは消し飛んでしまいました。王様にとって、夜の残りはやけに速く過ぎてしまったように感じられ、夜がしらじらと明けるころには、夢を見ているような気がして目をこすりましたが、依然としてその見知らぬ女性の才気の虜《とりこ》になったままでした。しかし、とうとう最後まで仮面を外してほしいとは言いだせず、次の舞踏会におなじ衣裳でまた来るという約束を取り付けられただけでした。

その舞踏会の当日、王様は早々と会場に到着しました。見知らぬ女性は彼に十五分遅れてやってきただけでしたが、王様は遅いと不平を洩らし、待ちきれなくていても立ってもいられなかったと言い放ちました。この二度目のときには、彼は初めてのとき以上にこの未知の女性に魅了され、気がおかしくなるほど恋しくてならない、とレードロネットに打ち明けました。

「才気あふれる方だということはわたしも認めますが」と、レードロネットは答えました。「わたしが感じていることを申し上げるなら、彼女はわたしよりもっと醜いんじゃないかと思います。あなたから愛されていることはわかっていても、顔を見せて、あなたの心が離れていってしまうのを怖れているのでしょう」

「ああ、マダム」と王様は言いました。「あのひとにはわたしの心が読めないのでしょうか。わたしが彼女に抱いている愛は、顔立ちとは関係ないのです。わたしが強く惹《ひ》かれているのは彼女の知性、知識のゆたかさ、頭脳の優秀さ、そして、心のやさしさなのです」

「どうして心がやさしいとわかるんですか?」とレードロネットが訊《き》きました。

「それはこういうことです」と王様は言いました。「美しい女《ひと》がいるとわたしが言うと、あの女性は彼女たちを本気で褒め称《たた》えたばかりか、わたしが気づかなかった美点まで目ざとく見つけて教えてくれたのです。彼女を試そうとして、わたしがそういう女《ひと》たちにまつわる悪い噂《うわさ》を話そうとすると、彼女はたくみに話をそらしたり、わたしの話をさえぎって、彼女たちのよい行ないについて話しました。それでも、わたしがつづけようとすると、他人《ひと》の悪口を聞くのは耐えられないと言って、わたしの口をつぐませてしまったのです。おわかりでしょう、マダム、美しい女《ひと》たちを妬《ねた》むことがなく、喜んで隣人を褒め、悪口にはがまんができないような女性は、とてもいい性格のはずだし、やさしい心の持ち主にちがいありません。たとえあなたとおなじくらい醜いとしても、そういう女性となら、幸せになるために何の不足があるでしょう？　だから、わたしは名前を名乗って、わたしの玉座を分かち持ってほしいと申し出るつもりです」

実際に、その次の舞踏会で、王様はその未知の女性に身分を打ち明け、彼女と結婚できなければ、自分が幸せになれる望みはまったくないと言いました。しかし、そんな申し出にもかかわらず、妹と相談して決めていたとおり、ベロットは仮面を取ろうとはしませんでした。哀れな王様は恐ろしい不安におちいりました。そして、顔を見せるのをこんなにも嫌がるのだから、レードロネットが言ったように、才知にあふれたこの女《ひと》は怪物みたいな顔をしているにちがいないと思いました。しかし、この世でもっとも不快な顔を想像してみても、彼女の知性や美徳に対して抱いている愛着や評価や尊敬はすこしも弱まることがありませんでした。王様が悲しみでいまにも病に倒れそうになったとき、その見知らぬ女性が言いました。

「わたしはあなたを愛しています、王様。それを隠そうとは思いません。けれども、深く愛するようになればなるほど、あなたがわたしのことを知れば、わたしはあなたを失うことになるのではないかと恐ろしくなるのです。あなたはたぶん、わたしが大きな目、小さな口、きれいな歯、ユリ色とバラ色の肌をもっていると想像しているかもしれません。もしもわたしが思いもかけず、やぶにらみの目、大きな口、低くつぶれた鼻、虫歯だらけの歯をしていたら、あなたはたちまちもとの仮面をつけてほしいとおっしゃるでしょう。それに、たとえわたしがそんなに恐ろしい顔ではないとしても、あなたが移り気なことをわたしは知っています。あなたはベロットを熱烈に愛しましたが、それでも毛嫌いするようになったではありませんか」

「ああ、マダム」と王様は言いました。「わたしの言い分を聞いてください。そのうえで、どう判断されるかはあなたにお任せします。ベロットと結婚したとき、わたしはまだ若かったのです。わたしはただ見るだけで、すこしも聞こうとはしませんでした。けれども、実際に彼女の夫になり、四六時中彼女を見ることで幻想が薄れてしまったとき、わたしが置かれていた状況が気分のいいものだったと思いますか？　妻とふたりだけになったとき、彼女が話すことといえば、翌日着る予定の新しいドレスのことや、この女《ひと》の靴、あの女《ひと》の宝石のことばかり。わが家のテーブルに才知あふれるひとが同席して、深く考えたことについて話をしようとすると、ベロットはあくびをしはじめ、しまいには眠りこんでしまったものでした。なんとか教養を身につける気にさせようともしましたが、彼女は苛立《いらだ》ってしまうのです。あまりにも無知だったので、彼女が口をひらくたびに、わたしは真っ赤になって身を震わせたほどでした。そのうえ、彼女には愚かな人間のあらゆる欠点があり、一度これと信じこむと、いくらきちんと説明しても、その説明を理解できないので、考えを改めさせることはできませんでした。しかも嫉妬《しっと》深く、ひとの悪口を言い、疑《うたぐ》り深かったのです。それでもまだ、わたしが別の方面で気晴らしをすることが許されていたなら、我慢できたかもしれません。しかし、彼女にはそうさせる気はありませんでした。彼女の望みは、彼女がわたしに吹きこんだ愚かしい愛が一生つづき、わたしが彼女の奴隷《どれい》になることだったのです。わたしが結婚を解消せざるを得なくなったのは彼女のせいだったことがおわかりでしょう？」

「たしかに同情すべきところがあったことは認めます」と見知らぬ女は言いました。「でも、あなたのお話ではわたしはすこしも安心できません。あなたはわたしを愛しているとおっしゃいますが、わたしの顔を見ずに、臣下たちみんなの目の前でわたしと結婚するほどの大胆さがおありですか？」

「あなたの望みがそれだけのことなら、わたしは世界中のだれよりも幸せです」と王様は答えました。「レードロネットといっしょにわたしの城に来てください。そうすれば、あすの朝にでも、顧問会議を招集して、その面前であなたと結婚したいと思います」

それから朝までが王様にはとても長く感じられました。舞踏会の会場から立ち去る前に、すでに仮面を外していた彼は、廷臣たち全員に城に集まるように命じ、さらに大臣にも知らせるように指示しました。そして、彼らの前でその見知らぬ女とのあいだに起こったことを語って聞かせ、その話が終わったあとで、たとえどんな顔をしているとしても、彼女以外の相手とはけっして結婚しないことを誓いました。そんなふうにして王様が結婚しようとしている相手は見るのも恐ろしい容貌にちがいない、と王様はもちろんだれもが信じていました。それだけに、ベロットが仮面を取り去って、それ以上は想像もできないほど美しい顔を見せたとき、その場に居合わせた人々の驚きはどれほどだったことでしょう！　じつに奇妙だったのは、王様にもほかの人たちにも、すぐにはそれがだれかわからなかったことでした。休息と孤独がそれほどまでに彼女を美しくしていたのです！　人々はただ、たしかに以前の王妃に似てはいるが、彼女はこんなに美しくはなかった、と低い声でささやき交わしただけでした。王様は、じつに気分よく騙《だま》されてすっかり夢見心地になり、口をきくこともできませんでした。けれども、レードロネットが沈黙を破って、夫の愛情を取り戻した姉を祝福しました。「何だって！」と王様が叫びました。「この才気あふれる魅力的な女《ひと》がベロットなのか！　いったいどんな魔法を使って、彼女の容貌の魅力に――かつてはまったく欠けていた——知性と性格の魅力を付け加えることができたのだろう？　好意的な仙女がいて、彼女に奇跡を起こしてくれたのだろうか？」

「奇跡などではありません」とベロットが答えました。「わたしは生まれつきもっていた能力を養い育てることを怠っていたのですが、不幸と孤独と妹の忠告がわたしの目をひらかせて、歳月や病気では失われることのない魅力を身につけようという気にさせてくれたのです」

「そして、その魅力がわたしに、たとえどんなに移り気でも、けっして変わることのない愛情を吹きこんでくれたというわけか」と王様は言って、彼女を抱きしめました。

実際、王様はそれから生涯変わることなく彼女を愛しつづけたので、彼女はかつての不幸を忘れることができました。

訳者解説

村松潔

『美女と野獣』はヨーロッパの昔話のなかでももっとも広く親しまれている物語のひとつですが、その原典あるいは原作者についてはあまりよく知られていないようです。この種の物語は古くから口伝えで継承されてきた民話がもとになっていることが多く、この物語にもその原型とされる話がいくつかありますが、文字で記された物語として初めて現れたのは一七四〇年でした。当初は作者名を伏せて出版された、ガブリエル＝シュザンヌ・ド・ヴィルヌーヴ夫人の長篇小説『若いアメリカ娘と海の物語』(La jeune amériquaine et les contes marins) のなかで、アメリカへの長い船旅の無聊《ぶりょう》をなぐさめるため、作中人物が船上で語って聞かせる昔話のひとつとして、初めて『美女と野獣』というタイトルで出てくるのです。

ただし、この物語は発表されてすぐに注目されたわけではなく、広く知られるようになったのはその十六年後、一七五六年からルプランス・ド・ボーモン夫人が刊行しはじめた『こどもの雑誌』(Magasin des enfants)にそれを大幅に短縮し、こどもの教育向けに書き改めたものが収録されてからでした。その後、十八世紀後半から現在に至るまで、この物語は世界中でじつにさまざまな版が刊行され、これを題材にした演劇、オペラ、映画なども数えきれないほどですが、その大半はこのボーモン夫人の版をもとにしています。

『こどもの雑誌』は当時ロンドンに渡って、貴族の子女の教育に携わっていたボーモン夫人が、その経験をもとに書き下ろしたものです。五歳から十三歳までの英国の少女七人と女家庭教師ボンヌ女史を登場人物として、聖書の物語を中心とする宗教や、道徳、歴史、地理、さらには昆虫の変態から空はなぜ青いのかといった自然科学のテーマまで取り上げて、二十七日間にわたって二十九回の対話を繰り広げるなかで、貴族の娘として倫理観や教養を身につけさせようとする一種の教育書です。そのなかで、いわば勉強の骨休めとして、ボンヌ女史がときおり少女たちに昔話をするのですが、そのひとつが『美女と野獣』だったのです。

『こどもの雑誌』が発行されたのは、フランスではルイ十五世の治下、ルソーやヴォルテールの啓蒙思想が盛んになり、やがてフランス革命が勃発《ぼっぱつ》するという激動の時代でしたが、たちまちヨーロッパの数カ国語に翻訳され、その後百三十年のあいだに仏語の完全版だけでも百三十種類以上の異なる版が出ていますから、驚くべきベストセラーだったことがわかります。当然ながら、時代の変化に合わせて、各版ごとにさまざまな加筆修正があり、歴史・地理的な情報の改訂はもちろん、昔話の語り口までが微妙に変化しています。著者の没後にも百年以上にわたって版元や監修者がさまざまな改訂を施した版が続々と刊行され、なかには当初の版とはかなり雰囲気の異なるものもありますが、本書では、著者が生前最後にチェックしたと見られるリヨンのピエール・ブリュセ＝ポンテュス社刊の一七八〇年版を底本として、それに含まれる十三の昔話だけを抜き出して、原本に出てくる順序のまま訳出しました。

ジャンヌ＝マリ・ルプランス・ド・ボーモンは一七一一年四月二十六日、画家・彫刻家ジャン＝バティスト・ニコラ・ルプランスとマリ＝バルブ・プランタール夫妻の長女として、ルーアンの裕福な家に生まれましたが、十一歳のとき母を亡《な》くし、十四歳のときに妹といっしょにエルヌモン修道院に入っています。教育熱心だった亡母の影響もあり、早くから教師になる夢を抱いていた彼女は、この修道院でよい教師に恵まれ、そこで過ごした十年近くのあいだに教育者としてじつに多くのことを学んだ、とのちに述懐しています。一七三五年ごろ修道院を出たあとは、メースに引っ越して再婚していた父親の家に戻りました。

従来一般に信じられていたところでは、その後、彼女はリュネヴィルの宮廷に出入りするようになり、王家の子女の家庭教師になって、一七四三年、三十二歳のとき、宮廷貴族のアントワーヌ・グリマール・ド・ボーモンと結婚。娘のエリザベートが産まれたものの、二年後にはこの結婚は解消され、その後一七五七年にロンドンで同胞《どうほう》のトマ・ピション＝ティレルと再婚したということになっていました。ところが、最近になって、敬虔《けいけん》なカトリック教徒で、生涯にわたってただひたすら――こどもたちはもちろんあらゆる階層の人たちの――教育に情熱をそそいだ夫人というイメージとは裏腹な事実がいくつかあきらかになっています。

まず、リュネヴィルの結婚証書の記録によれば、彼女が最初に結婚したのは一七三七年、二十六歳のときで、当時の彼女の職業は王室の家庭教師ではなく〈王室付きの楽士〉。結婚相手は宮廷貴族のボーモンではなくて、淫蕩《いんとう》で賭博《とばく》好きな家系として有名なダンサー一族のダンス教師、クロード＝アントワーヌ・マルテール。しかも彼女の父親は故人と記されています（結婚に反対されたので嘘《うそ》を記入した、と本人がのちにある手紙のなかで告白しています。ちなみに、父親の職業はパリの宝石商になっています）。愛娘のエリザベートはこのダンサーとのあいだのこどもだったと思われますが、彼女は恋人やのちの再婚（?）相手にもそれを明かさず、ずっとこの娘を〈わたしの姪《めい》〉と呼んでいました。ともかく、一度は結婚の手続きをして、このダンサー兼ダンス教師と暮らしていたことは確かで、彼女も舞台に立っていたという証言もあり、後年の本人の手紙には、歌手として興行に加わっていたことを匂《にお》わす記述もあります。そういう不品行な世界に足を踏み入れながら、教育者面《きょういくしゃづら》して上流階級の婦人たちを騙《だま》したとんでもない偽善者だという非難もあったくらいで、かなり奔放な生き方をしていたようです。

しかし、このダンサーとの暮らしは長くはつづかず、少なくとも一七四八年ごろからはボーモンと名乗るパートナーといっしょになり、正式に結婚した記録はないものの、ロンドンに渡った初めのころはボーモン夫人で通し、当時出版された著書には〈Le P. de B.〉または〈Le Prince D. B.〉と署名しています。ロンドンでの彼女の活躍はめざましく、当時もっとも影響力のあった上流社会で名を知られるようになり、貴族の子女の家庭教師を務めるかたわら、文化的な雑誌を編集・発行したり、セヴィニェ夫人のそれにも比較される書簡体の小説を発表したりしました。そして、一七五六年に『こどもの雑誌』の刊行がはじまると、これはたちまち数カ国語に翻訳され、ほかに類例のない教育書として広く流通して、ボーモン夫人は国際的な名声を博することになったのです。

ちょうどそのころ、彼女はロンドンではティレルと名乗っていたフランス人のトマ・ピションを熱愛するようになり、こちらも正式に結婚した記録は見つかっていませんが、このころから彼女がロンドンを離れるまで、夫婦として行動していたことが知られています。ティレルことトマ・ピションは、カナダでの英仏の植民地戦争で祖国を裏切って英国側のスパイとして働いたあと、英国政府から年金をもらってロンドンに住み着いたばかりでしたが、秘密出版された啓蒙思想の著作を手ずから書き写すような愛書家で、文化全般に対する造詣《ぞうけい》も深く、謎《なぞ》めいたところのあるインテリでした。彼女のほうも、男に劣らず女もあらゆる知識と論理的な思考力を身につけるべきだという、当時としてはきわめて進歩的な、いわばフェミニストの先駆者とも言うべき考え方をしており、文芸はもちろん自然科学に至るまで広範な知識欲と興味をもつ女性でしたから、ふたりのあいだにはおおいに通じるものがあったのだろうと推測できます。ただし、ティレルは女性関係もかなり盛んだったらしく、それが原因かどうかはわかりませんが、彼女は一七六三年にひとりでフランスに帰国してしまいます。

爾後《じご》、ふたりは二度といっしょに暮らすことはありませんでしたが、その後十二年間にわたってかなり親密な手紙をやりとりしており、当時の文化や思想や自分たちの生き方について語り合っています。

フランスに帰国したボーモン夫人は、最初はサヴォワ地方のアヌシーの近く、のちにはブルゴーニュ地方のアヴァロンに居を定め、ずっと娘夫婦や孫たちといっしょに暮らしながら、畑仕事や孫たちの教育のかたわら、旺盛《おうせい》な文筆活動をつづけました。愛読者の貴族や大使夫人の手紙への返信はもちろん、ほとんど毎年のように書簡体小説やさまざまな階層の人たち向けの教育書を出しており、版を重ねていた『こどもの雑誌』にも機会あるごとに手を入れていました。ピションへの手紙のなかで「……洟《はな》をかむ暇もない」と言っているほど忙しい生活だったようです。

『こどもの雑誌』は四部構成の二巻本で、総ページ数は千ページ近くにもなり、地理・歴史から神話、哲学、自然科学まで、ほとんどあらゆるテーマが取り上げられています。そのなかでも大きな比重を占めているのが聖書の物語で、こどもにもわかる平易なかたちで『創世記』からエデンの園、『出エジプト記』など全部で七十一話が語られ、それについてボンヌ女史がこどもたちに感想を言わせて、教訓を引き出すかたちで対話が進められています。ところどころに挿入されている昔話はあくまでも架空の作り話であり、息抜きのようなもので、こういうものにあまり夢中になりすぎるのは好ましくない、と女史は何度となく警告していますが、こどもたちはみんなそれをとても楽しみにしていて、女史の語り口にも熱気がこもっているようです。ボーモン夫人は、聖書の物語を語るときには、やさしく嚙《か》み砕いてちょっぴり劇的な風味を付け加え、わくわくするような物語にして、こどもたちの興味を惹《ひ》きつけていますが、それとは逆に、昔話からはあまりにも非合理な部分や性的なものを暗示する要素などを剝《は》ぎ取って、なんらかの教訓がはっきり読み取れるものにしています。したがって、教訓臭さがあるのは確かですが、それでもこの本から昔話の部分を抜き出したものが数多く出版されている（本書もそのひとつです）のは、昔話本来の、想像力を刺激する、素朴な魅力が失われていないからでしょう。

『こどもの雑誌』に含まれる十三篇の昔話のなかでも、もっともよく知られているのは『美女と野獣』です。ボーモン夫人は、どの昔話についても出典を記してはいませんが、前書きのなかで、他人の著作物のなかでも利用できそうなものはすべて拝借して、自分流に書きなおした（当時は著作権という考えはまだ一般に広まっていませんでした）と言っていることから見ても、ヴィルヌーヴ夫人の版を下敷きにしているのはまず間違いないだろうと思われます。では、ヴィルヌーヴ夫人の『美女と野獣』はどんな内容だったのでしょうか。

ヴィルヌーヴ夫人の『美女と野獣』

のちのヴィルヌーヴ夫人ことガブリエル＝シュザンヌ・バルボは、一六八五年に、パリで生まれました。父親は市長や探検家などを出しているラ・ロッシェルの有力なプロテスタント系の一族でしたが、彼女が十七歳のときに急逝しました。一七〇六年、二十一歳のとき、彼女はポワトゥーの貴族の末男、ジャン＝バティスト・ガアロン・ド・ヴィルヌーヴと結婚しましたが、夫は浪費が激しく、横暴で、数カ月後には、彼女は自分個人の財産の分離を請求しなければならないほどでした。それでも一七〇八年には娘を産んだ記録がありますが、この子が生き延びたかどうかは不明で、しかも夫はその三年後に亡くなり、彼女は二十六歳で寡婦《かふ》になっています。その後は財産を切り売りして生活していたようですが、三十歳くらいのときにラ・ロッシェルからパリに出て、一七五五年に七十歳で亡くなるまでパリで暮らしています。パリでの暮らしのくわしいことはわかりませんが、一七三〇年代から亡くなるまで、有名な悲劇作家クレビヨン――この劇作家は、王室検閲官でありアカデミー会員でもありながら、無数の捨て犬や野良猫《のらねこ》といっしょに、不潔な穴蔵のようなところに住んでいたと言われています――の家に秘書兼家政婦のようなものとして同居していたことが知られています。処女作のフィクション（『Le Phénix conjugal』）が出版されたのが一七三四年、『美女と野獣』を含む『若いアメリカ娘と海の物語』は一七四〇年、五十五歳のときに発表したことになります。

ヴィルヌーヴ夫人の『美女と野獣』は本書に収められたボーモン夫人のそれよりはるかに長く、原典は本文の物語だけでも三百ページ以上もあり、さらに野獣と仙女がそれぞれそれまでの経緯を語る部分が百ページ以上もあるのですが、ボーモン版ではこのあとの部分は完全にカットされています。この長さからも想像できるように、ヴィルヌーヴ版ではひとつひとつの出来事の具体的な細部が描かれ、登場人物の微妙な心理まで表現されているので、題材はお伽噺《ときばなし》でありながら、むしろ小説に近い雰囲気があります。

まず、ベルの家族は息子六人、娘六人の十二人兄弟になっています。そして、たとえば、ボーモン版では、父親の商人は突然財産のほとんどを失ったとされ、その理由にはなんの説明もありませんが、ヴィルヌーヴ版では、じつは家が火事になり、火の勢いがあまりに激しかったため、すばらしい家具はもちろん、高価な商品や現金や帳簿などもほとんど持ち出せなかったとされ、しかもそれに追い打ちをかけるように、商品を運んでいた船が海賊に襲われたり、悪天候で座礁《ざしょう》したり、取引相手が破産したり、外国に派遣していた使用人が不正を働いたりしたためだったと説明されています。

商人が旅から戻ってくる途中、森のなかで道に迷って野獣の城に行き着くくだりもずっとくわしく描かれています。まず森のなかで夜になり、雪が降りだして途方にくれましたが、木の洞《うろ》を見つけ、馬も近くに洞穴を見つけて、そこで夜を明かします。朝になるとあたり一面の雪で、道が見つからず、やみくもに歩いているうちに、宮殿に通じるオレンジの並木道に出ました。そこここに見知らぬ材質でできた、等身大の彫像が立っていて、大半は兵士のようでしたが、なにかをしている最中に固まってしまったかのように見えるのでした。やはりたくさんの彫像が立っている前庭を抜けて、城に入り、彫刻された金の手摺《てす》り付きの瑪瑙《めのう》の階段をのぼって、豪華な家具のある部屋をいくつか通り抜け、赤々と火が焚《た》かれている大広間に出ましたが、そこで体を温めているうちに眠りこんでしまいます。やがて、空腹から目を覚ますと、目の前に豪華な食事が用意されていて、ようやく飢えを満たすことができましたが、そのせいかまたもや眠くなって、少なくとも四時間は眠ってしまうのです。ふたたび目を覚ますと、こんどはケーキやフルーツや食後酒が用意されていて、彼はそれを味わいます。それにしても、城の主人はもちろん使用人ひとり現れません。これはどういうことなのかと考えているうちに、ひょっとするとなにかの精霊がこの城をプレゼントしてくれたのではないかという考えが浮かびました。商人は大喜びして、あらためて城を見てまわり、こどもたちに割り当てる部屋を決め、彼らの喜ぶ顔を想像しながら庭に下りていくと……というふうにつづいていくのです。

このように、全篇を通じてあらゆるディテールがゆたかに肉付けされているのが特徴ですが、ディテールとは言えないほど大きな差異もあります。そのひとつが、ボーモン版では省略されている、ベルの見る夢です。父親が帰ってしまうと、ベルは泣きながら部屋に戻って、それまでの疲れから眠りこんでしまいます。すると、夢のなかにすてきな貴公子が現れて、ちょっと謎めいた、やさしい愛の言葉をささやくのです。〈そんなふうに悲しまなくても、あなたはここでほかの場所ではかなえられないほど幸せになれる。目に見えるものに頼ることなく、自分の心の動きだけに従うようにすることだ。そして、わたしを見捨てずに、この恐ろしい苦しみから救い出してほしい〉夢はさらにつづいて、今度は仙女らしい貴婦人が現れ、〈あなたにはすばらしい未来が待っているのだから、捨ててきたものを後悔する必要はない。ただ、それを手にするためには、外見に誘惑されないようにしなければならない〉と忠告します。夢はさらに五時間以上もつづいて、彼女はいろいろな場所にいるさまざまな出《い》で立ちをした貴公子の姿にうっとりと見とれるのでした。

目を覚ましてからも、彼女はこの貴公子のことを思わずにはいられませんが、はかない夢のことで頭を煩《わずら》わせるより現実の自分のことを考えるべきだと思いなおして、城のなかを探索しはじめます。ところが、廊下にかかっているたくさんの絵のなかに夢のなかの貴公子の肖像画があり、その目がじっと自分を見つめているような気がして、彼女は頰を赤らめるのでした。

ボーモン版では城にいるのは野獣だけですが、ヴィルヌーヴ版ではそれだけではありません。かわいい小鳥がたくさんいて、きれいな声でさえずっている回廊があったり、言葉を話せるオウムたちがいて、彼女のおしゃべりの相手をしてくれたり、大小さまざまな猿の群れがいる部屋があって、彼女が行くと、最敬礼して出迎えて、宙返りしたり綱渡りして歓迎してくれ、さらに侍臣や小姓の恰好《かっこう》をした猿がお供になって付いてきて、食事の給仕をしてくれたりします。食事のあとには、俳優の恰好をした猿の一座が現れて、悲劇を演じてくれるのですが、その鬘《かつら》や外套《がいとう》のなかにひそんでいるオウムが台詞《せりふ》を言って、まるで猿の俳優がしゃべっているように聞こえるのです。また、あるとき、大広間の窓のひとつをあけると、どこかの町の劇場が見え、実際の観客ともども芝居やオペラを鑑賞できることを発見します。水晶の反射を利用した、絶妙な光学的な仕掛けで、はるか彼方《かなた》の劇場が見られるようになっていたのです。さらに、ほかの窓からはサン＝ジェルマンの定期市やコメディ・イタリエンヌ、ヨーロッパ中の名士が集まるチュイルリー宮殿、豪華な結婚式やオスマン帝国の近衛兵《このえへい》の反乱まで見ることができ、彼女はもはや退屈することがなくなります。それでもひとつだけ、判で押したように変わらないのは、夕食のときに野獣が現れて、彼女にその日一日のことを聞き、最後に求愛することでした。ただし、ここでも、ヴィルヌーヴ版では〈妻になりたくないか〉ではなく、〈いっしょに寝たくないか〉という性的なニュアンスがはっきりした言い方になっています。

あるとき、庭を散歩していて、運河のほとりに出ると、夢に現れる貴公子が立っていたのがその場所だったことに気づきます。夢と現実の境がはっきりしなくなって、ひょっとすると、貴公子は野獣によってこの城のどこかに閉じこめられているのではないかと思うようになり、彼女は城のなかを捜しまわったりします。やがて、夢に現れる貴公子への恋心が募って、ベルはついに思いきって野獣に訊《たず》ねますが、この城には彼女と野獣のほかにはだれもいないという答えでした。やはり、あれは夢でしかないのか、と彼女は悲しみの淵《ふち》に沈みこみます。夜、夢のなかに現れた貴公子が彼女の悲しむ姿を見て、その原因が野獣ならわたしがそれを解消してやると言いながら、短剣を抜いて野獣に襲いかかりますが、彼女はそれを押し止《とど》めます。死ぬほど貴公子を愛してはいるが、彼女にすべてを与えてくれた野獣への感謝の念は変わらない。あなたが彼に手をかけるのを見るくらいなら、死んだほうがましだというのです。このように、ヴィルヌーヴ版では、美しい貴公子への思いと見かけは恐ろしいがやさしい野獣への感謝の気持ちを抱えて、ベルの心のなかでは激しい葛藤《かっとう》がつづきます。しかも、野獣は象のような鼻をもち、巨体を揺すって歩くたびにカチカチ音のする鱗《うろこ》に覆《おお》われているとされ、その異様さが強調されているのです。

やがて、父親にもう一度会いたいという気持ちが募って、ベルは家に戻る許可をもらいますが、ヴィルヌーヴ版ではその期間は一週間ではなく、二カ月になっています。ボーモン版では姉たちはすでに嫁ぎ、兄たちは出征していて、父親がひとりになっていますが、ヴィルヌーヴ版ではまだ全員が家にいて、彼女の帰還を歓迎します。ただし、姉たちの心の底には依然として嫉妬心《しっとしん》がくすぶっているのです。彼女の城での生活の話を聞き、持ち帰った財宝を見ると、父親はベルに野獣の願いを受けいれるように懇々と諭しますが、彼女はどうしてもそうする決心がつきません。しかも、実家に戻ってからは、夢のなかに貴公子が現れることもなくなり、姉の恋人たちがベルの美しさ、気立てのよさに魅了されて、姉たちを捨ててあからさまにベルに求愛するようになり、それが姉たちの嫉妬心に油をそそぐことになります。約束の二カ月にならないうちから、ベルは城に戻ることを考えはじめますが、父や兄たちに必死に引き留められて、野獣への約束と家族への思いに引き裂かれ、なかなか別れを告げられません。ある夜、夢のなかで城の近くの洞窟《どうくつ》から恐ろしいうめき声が聞こえ、彼女が走りこむと、倒れて死にそうになっている野獣が彼女の不実をなじります。さらに、仙女が現れて、もう一日でも遅れれば、野獣は死んでしまうだろうと告げます。その夢に怖《おそ》れをなした彼女は、目を覚ますと、家族に別れを告げ、野獣に言われていたとおり指輪の宝石をまわして、眠りにつくのです。

翌朝、目覚めると、彼女は城に戻っていて、猿の侍臣や小鳥たちが彼女の帰還を歓迎してくれます。彼女は一日中じりじりして、なにも手につかずに夕食のときが来るのを待ちますが、それは野獣に会いたかったからだけではなく、そのあと夢のなかでふたたび貴公子に会えるのではないかと思っていたからです。限りなくやさしいがあまりにも醜い野獣への思いとただの幻にすぎないかもしれない貴公子を慕う心、そのあいだで揺れ動く心を抱えたまま、かつてなかったほど長い一日が過ぎていきますが、夕食の席に野獣は現れませんでした。底知れない不安に駆られたベルは、庭に走り出て、そこら中を捜しまわり、ほとんどあきらめかけたとき、森の奥の洞窟に倒れている野獣を見つけます。猿の侍臣たちの助けを借りて、野獣に息を吹き返させると、ベルは告白するのでした。あなたを失いかけて初めて、わたしは単なる感謝の気持ち以上のものであなたと結ばれていることに気づきました。あなたが死んだら、わたしは生きていられなかったでしょうと。

その夜、疲れきったベルが床に着くと、夢に貴公子が現れて、このうえなくやさしい言葉をささやき、よい心の動きに従いさえすれば、あなたは幸せになれると言います。それは野獣と結婚しろということかとベルが訊《き》きかえすと、そうだという答えでした。ベルはそれでも悩みつづけますが、その夜、夕食の席に野獣がやってきて、いつものように最後に〈わたしといっしょに寝たくないか〉と訊かれると、彼女は躊躇《ちゅうちょ》し、震えながらも、結婚の誓いを立ててくれるなら、そうしたいと答えます。とたんに、窓の外で号砲が鳴り響き、無数の花火が打ち上げられて、ふたりの結婚を祝う文字が空に浮かぶのです。

しばらくすると、野獣がそろそろベッドに入ろうと言い、ベルはあまり気が進まなかったのですが、ベッドに入ります。すると、部屋の明かりがすっと消え、野獣がベッドに近づく気配がして……ベッドの彼女の横に入ってくるのですが、驚いたことに、すぐにいびきをかきだして、眠りこんでしまうのです。まもなく彼女も眠りに落ちると、夢のなかに貴公子が現れて、大喜びで彼女の結婚を称え、さらに仙女が現れて、彼女の決断を称讃し、彼女がこのうえなく幸せになれるだろうと言うのでした。

朝になってベルが目を覚ますと、ベッドの隣で寝ているのは貴公子でした。彼が目を覚まさないので、彼女は声をかけたり、腕を引っ張ったり、千回もキスしたり、唄《うた》をうたったりしましたが、それでも目を覚ましません。そこへ四頭の白鹿《はくろく》に引かせた四輪車でふたりの貴婦人がやってきます。ひとりはいつも夢に現れる仙女、もうひとりはじつは王子だった貴公子の母親の王妃でした。仙女がベルを王妃に紹介して、ふたりの結婚の承諾を求めますが、ベルが商人の娘だと知ると、王妃は難色を示します。ふたりの声を聞いて目を覚ました王子が口を挟もうとしましたが、仙女がそれを押し止めて、話を進めました。けれども、王妃はなかなかベルとの結婚を承諾しようとせず、ベルは結婚をあきらめて父親と家族のもとに帰りたいと言いだし、王子は彼女と別れるくらいなら、もとの野獣に戻っていっしょになりたいと言います。やがて、いつまでも頑《かたく》なな態度をくずさない王妃に向かって、仙女が重大な秘密を明かします。じつはベルは商人の娘ではなく、自分の妹の仙女と幸福島の王（王妃の弟）とのあいだに生まれた王女であり、したがって王妃の姪で、仙女の姪でもあり、王家の血筋を引く娘なのだというのです。それを聞いて、王妃はようやく納得し、ベルの父親である幸福島の王の承認が取れしだい、ふたりは結婚できることになります。

仙女は王妃を魔法の城に案内するという口実で連れ去り、あとに残されたふたりは初めて心から語り合うことができるのですが、どういうわけであんな恐ろしい野獣に変身させられていたのかと彼女が訊ねると、王子はその経緯を語ります。

〈野獣の話〉

わたし（野獣にされていた王子）が生まれたときには、王様はすでに亡くなっており、しかも国王の不在につけこんで隣国の軍が攻めこんできたので、母の王妃はみずから軍の指揮を取って応戦せざるをえなくなり、わたしの養育をある仙女にまかせることになりました。この仙女は老いて醜くしかも性格が悪いことで有名でしたが、じつはわたしが成人したおりには結婚したいと考えていたのです。戦争が長引いて、そのあいだにわたしは成長し、仙女から結婚を申しこまれたのですが、わたしはそれを拒否しました。すると、怒り狂った仙女はわたしに呪《のろ》いをかけて野獣に変え、そのうえで知性を示すことも禁じて、みずからの意志でその野獣にわが身を捧《ささ》げる乙女が出てこないかぎり、その呪いが解けないようにしたのです……。

王子の話が終わったころ、仙女と王妃が戻ってきますが、そこへ幸福島の王様がやってきます。仙女はこの王様にベル（じつは幼いころに死んだと思っていた王様の娘）を引き合わせ、王妃（王様の姉）は息子の王子を紹介して、ベルが恐ろしい呪いを解いてくれたことを説明します。王様は死んだと信じこんでいた娘がどうやって生き延びたのかと尋ねますが、自分の出生の秘密をずっと知らずにいたベルには答えられず、彼女に代わって、これまでのすべての経緯を仙女が語りはじめるのです。

〈仙女の話〉

幸福島では、（地位や財産などは考えずに）自分の好みだけで結婚相手を選ばなければならないという掟《おきて》があり、王様は狩りに出かけたとき見かけた若い羊飼いの娘を妻にしました。その娘はじつはわたし（仙女）の妹で、ほんのちょっとした好奇心から幸福島で暮らしてみようとしたのです。けれども、妹はこの王様を愛してしまい、若い仙女は人間と結婚する自由を認められていなかったにもかかわらず、王様からの求婚を受けいれてしまいました。最初の二年間はそれをなんとか隠していたのですが、やがてほかの仙女たちに知られ、仙女の会議で仙女の地位から降格され、幽閉されるという罰がくだされました。しかも、悪い仙女によって、王様とのあいだに生まれていた王女（ベル）までが将来怪物と結婚する宿命を背負わされてしまったのです。地上では、ふいに姿を消した王妃は病気で亡くなったことにされました。

わたしの妹の結婚を嗅《か》ぎつけて、彼女を断罪するきっかけをつくった悪い仙女は、好奇心からその王様を見にいったのですが、妹と同様に恋に落ちてしまいます。しかし、王妃を失った悲しみのなかで、忘れ形見の王女を溺愛《できあい》することにしか慰めを見出《みいだ》せずにいる王様を見て、すぐには付け入る隙《すき》がないことを悟ると、この仙女は長期的な策略を立てたのです。

まず、陰謀で王様と娘を殺され、国を追われた隣国の王妃になりすまして、幸福島の王様に取り入ると、王女（ベル）の世話をしたいと申し出ました。そして、実際、できるかぎりの愛情をそそいで面倒をみて、王様の全幅の信頼を得たのです。そうしておいて、彼女は廷臣たちをそそのかし、王様に自分との再婚を勧めさせたのですが、王様はすこしもその気にならず、逆に背後から手をまわしたことを見抜かれて、隣国に戻るように命じられてしまいました。しかし、すべては王様のためにしたことだと言い繕って、このときはなんとか窮地を切り抜けます。そして、王様が再婚したがらないのは王女を溺愛しているからだと思うようになり、王女を亡き者にするため、配下の廷臣の妻を王女の養育係につけて、夫婦で幼い王女を連れ出して森のなかで殺させようとしました。けれども、この悪い仙女の行動を逐一監視していたわたしは、その企《たくら》みを知ると、熊《くま》に変身して夫婦を襲い、まだわずか三歳だった王女を助けたのです。そして、その悪い仙女の目をくらますため、王女を田舎の乳母の家で病気で亡くなった商人の末娘の身代わりにしたのでした。

邪魔者がいなくなったあと、悪い仙女はふたたび王様と結婚しようとしますが、王様ははっきりと拒否して、ふたたび彼女に国を出ていくように命じました。彼女は激怒しましたが、わたしが自分よりずっと上位の、大きな権力をもつ仙女に王様たちの保護をお願いしてあったので、腹いせをすることはできませんでした。そのあと、この悪い仙女はこんどは別の国の王子、ここにいる王妃の息子の養育係に収まって、王子が成長したら結婚しようとしましたが、それも拒否されて、王子を野獣に変えてしまったわけです。

仙女にも位階があり、自分より上位の仙女が定めた人間の宿命をあとから覆《くつがえ》すことはできません。それでも、わたしの姪にあたる幸福島の王女ベルが、商人の末娘として、美徳と美しさを兼ね備えた娘に成長していくのを見守りながら、怪物と結婚しなければならないという宿命から救う手立てはないものかとわたしは考えずにはいられませんでした。そして、野獣に変身させられた王子の話を聞くと、ベルとその王子を引き合わせることを思いついたのです。そのために、わたしは綿密な計画を立て、商人を野獣の城に導いて、バラの花を摘ませ、ベルが野獣と出逢《であ》うように仕向けたわけです。

他方、悪い仙女が悪意にみちた報復をすることがないように、わたしは仙女の会議で彼女の下劣な、仙女にあるまじき行状を告発しました。その結果、彼女は仙女から降格され、幽閉されることになったのです……。

仙女が話を終えたとき、いきなりすばらしい音楽が流れて、妹の仙女——幽閉されていた幸福島の王妃——が現れます。じつは、彼女は仙女の女王の娘の身代わりとして、蛇になって地を這《は》うという死の危険のある試練を引き受け、それをみごとに乗り切ることで、幽閉を解かれて、仙女としてのすべての特権を取り戻すことができたのでした。そこへさらにベルの育ての親の商人の一家が到着し、それから数日にわたってベルと野獣の結婚を祝う華やかな祝宴がつづくことになります。

以上がヴィルヌーヴ版のあらすじです。長さが圧倒的に違うので、ボーモン版では省略されている要素は少なくありませんが、たとえば仙女にまつわる話もそのひとつです。ヴィルヌーヴ版では、天空に仙女たちの世界があり、そこには仙女の女王を頂点とする位階制度があり掟があって、年に三回仙女の会議がひらかれ、そこでそれぞれが仙女としての務めをきちんと果たしているかどうかが問われることになっています。仙女は千歳以上になれば、古参の仙女に異議をとなえる資格ができるのですが、それ以前でもあえて地を這う蛇になるという危険を冒せば、一段上の位階に進めることになっていたり、たがいの権力争いがあったりして、ギリシャ神話の人間くさい神々の世界を思わせる世界になっています。

また、すでに指摘した〈いっしょに寝たくないか〉というエロティックな含みのある誘いも、ボーモン版にはない要素のひとつですが、これは単にそれだけではありません。野獣はこの問いを繰り返したあげく、ベルがそれを受けいれ、部屋の明かりも消えて、いざその場面になると、ベッドの彼女の横に寝て、すぐにいびきをかきだしてしまうのです。読者をはぐらかすようなこういう部分もこども向けの教育書であるボーモン版ではありえない要素のひとつでしょう。

ボーモン夫人の『こどもの雑誌』に含まれる十三篇の昔話とヴィルヌーヴ夫人の『美女と野獣』の完全版テキストを収録したものとしては、エリザ・ビアンカルディの『La jeune américaine et les contes marins (La Belle et la bête) - Les Belles solitaires - Magasin des enfants (La Belle et la bête)』(二〇〇八年、パリ、オノレ・シャンピオン刊)があります。これは昔話のテキストのほかに、ふたりの夫人についての伝記的・文献学的資料、作品の時代的背景、おびただしい版が出ているボーモン夫人の作品の主な版の比較検討など、『美女と野獣』に関わりのあるほとんどすべてを網羅したとも言える、千六百ページを超える労作で、本書の翻訳に際してもおおいに参考にさせてもらいました。またオリジナルのテキストは、ボーモン夫人の昔話はフランス国立図書館のデジタル文献として数種類の版が一般に公開されており、ヴィルヌーヴ夫人の『美女と野獣』はのちに『ヴィルヌーヴ夫人の昔話』(Contes de Madame Villeneuve)として再録されたものがグーグル・ブックスで公開されています。

邦訳としては、こども向けのダイジェスト版を別にすれば、角川文庫版の『美女と野獣』(鈴木豊訳、一九七一年刊)があります。ちなみに、この角川文庫版には本書の十三篇にくわえて、「どれいの島」(L'Ile des Esclaves)と「幽霊屋敷」(Le Gentilhomme et le Fantôme)の二篇が収められていますが、この二篇はボンヌ女史によって語られる本来の昔話とは性格が異なる物語なので、本書では収録しませんでした。

さらに最近になって、ヴィルヌーヴ夫人版の全訳『美女と野獣』(藤原真実訳、二〇一六年十二月刊)が白水社から刊行されました。これでボーモン夫人版とヴィルヌーヴ夫人版の両方が日本語で読めるようになったわけです。

(二〇一七年一月)

本作品中には、今日の観点からは差別的表現ともとれる箇所が散見しますが、作品の持つ文学性ならびに芸術性、また、歴史的背景に鑑み、原書に出来る限り忠実な翻訳としたことをお断りいたします。（新潮文庫編集部）

スティーヴンソン
鈴木　恵　訳

宝　島

謎めいた地図を手に、われらがヒスパニオーラ号で宝島へ。激しい銃撃戦や恐怖の単独行、手に汗握る不朽の冒険物語、待望の新訳。

A・A・ミルン
阿川佐和子訳

ウィニー・ザ・プー

クリストファー・ロビンと彼のお気に入りのクマのぬいぐるみ、プー。永遠の友情に彩られた名作が、清爽で洗練された日本語で蘇る。

バーネット
畔柳和代訳

秘密の花園

両親を亡くし、心を閉ざした少女メアリ。ヨークシャの大自然と新しい仲間たちとで起こした美しい奇蹟が彼女の人生を変える。

C・ペロー
村松　潔　訳

眠れる森の美女
―シャルル・ペロー童話集―

赤頭巾ちゃん、長靴をはいた猫から親指小僧、シンデレラまで！　美しい活字と挿絵で甦ったペローの名作童話の世界へようこそ。

J・ヒルトン
白石　朗　訳

チップス先生、さようなら

自身の生涯を振り返る老教師。生徒の愉快な笑い声、大戦の緊迫、美しく聡明な妻。英国パブリック・スクールの生活を描いた名作。

M・ブルガーコフ
増本浩子
V・グレチュコ　訳

犬の心臓・運命の卵

人間の脳を移植された犬、巨大化したアナコンダの大群――科学的空想世界にソ連体制への痛烈な批判を込めて発禁となった問題作。

S・モーム
金原瑞人訳
ジゴロとジゴレット
—モーム傑作選—
『月と六ペンス』のモームは短篇の名手でもあった！ ヨーロッパを舞台とした短篇八篇を収録。大人の嗜みの極致ともいえる味わい。

S・モーム
金原瑞人訳
月と六ペンス
ロンドンでの安定した仕事、温かな家庭。すべてを捨て、パリへ旅立った男が挑んだものとは——。歴史的大ベストセラーの新訳！

スタインベック
伏見威蕃訳
怒りの葡萄（上・下）
ピューリッツァー賞受賞
天災と大資本によって先祖の土地を奪われた農民ジョード一家。苦境を切り抜けようとする、情愛深い家族の姿を描いた不朽の名作。

フローベール
芳川泰久訳
ボヴァリー夫人
恋に恋する美しい人妻エンマ。退屈な夫の目を盗み重ねた情事の行末は？ 村の不倫話を芸術に変えた仏文学の金字塔、待望の新訳！

J・M・バリー
大久保寛訳
ピーター・パンとウェンディ
ネバーランドへと飛ぶピーターとウェンディ。彼らを待ち受けるのは海賊、人魚、妖精、人食いワニ。切なくも楽しい、永遠の名作。

スティーヴンソン
田口俊樹訳
ジキルとハイド
高名な紳士ジキルと醜悪な小男ハイド。人間の心に潜む善と悪の葛藤を描き、二重人格の代名詞として今なお名高い怪奇小説の傑作。

マーク・トウェイン
柴田元幸訳

ジム・スマイリーの跳び蛙
―マーク・トウェイン傑作選―

現代アメリカ文学の父であり、ユーモア溢れる冒険児だったマーク・トウェインの短編小説とエッセイを、柴田元幸が厳選して新訳！

サガン
河野万里子訳

悲しみよ こんにちは

父とその愛人とのヴァカンス。新たな恋の予感。だが、17歳のセシルは悲劇への扉を開いてしまう――。少女小説の聖典、新訳成る。

ナボコフ
若島 正 訳

ロリータ

中年男の少女への倒錯した恋を描く誤解多き問題作にして世界文学の最高傑作が、滑稽でありながら哀切な新訳で登場。詳細な注釈付。

カポーティ
村上春樹訳

ティファニーで朝食を

気まぐれで可憐なヒロイン、ホリーが再び世界を魅了する。カポーティ永遠の名作がみずみずしい新訳を得て新世紀に踏み出す。

サン＝テグジュペリ
河野万里子訳

星の王子さま

世界中の言葉に訳され、子どもから大人まで広く読みつがれてきた宝石のような物語。今までで最も愛らしい王子さまを甦らせた新訳。

E・ブロンテ
鴻巣友季子訳

嵐が丘

狂恋と復讐、天使と悪鬼――寒風吹きすさぶ荒野を舞台に繰り広げられる、恋愛小説の恐るべき極北。新訳による〝新世紀決定版〟。

新潮文庫最新刊

西村京太郎著
暗号名は「金沢」
―十津川警部「幻の歴史」に挑む―

謎の暗号が歴史を変えた！　七十年の時を経て、十津川警部が日本の運命を左右する謀略に挑む、新機軸の歴史トラベルミステリー。

大沢在昌著
ライアー

美しき妻、優しい母、そして彼女は超一流の暗殺者。夫の怪死の謎を追ううちに神村奈々は想像を絶する死闘に飲み込まれてゆく。

乃南アサ著
それは秘密の

これは愛なのか、恋なのか、憎しみなのか。人生の酸いも甘いも嚙み分けた、大人のためのミステリアスなナイン・ストーリーズ。

長江俊和著
出版禁止

女はなぜ〝心中〟から生還したのか。封印された謎の「ルポ」とは。おぞましい展開と、息を吞むどんでん返し。戦慄のミステリー。

早見和真著
イノセント・デイズ
日本推理作家協会賞受賞

放火殺人で死刑を宣告された田中幸乃。彼女が抱え続けた、あまりにも哀しい真実――極限の孤独を描き抜いた慟哭の長篇ミステリー。

坂口恭平著
徘徊タクシー

認知症老人の徘徊をエスコートします！　奇妙なタクシー会社を故郷・熊本で始めた僕が見た生命の光とは。異才が放つ共生の物語。

Title : La Belle et la Bête et autres contes
Author : Madame Leprince de Beaumont

美《び》女《じょ》と野《や》獣《じゅう》

新潮文庫　ホ－22－1

Published 2017 in Japan
by Shinchosha Company

平成二十九年三月一日発行

訳者　村《むら》松《まつ》潔《きよし》

発行者　佐藤隆信

発行所　株式会社新潮社

郵便番号　一六二―八七一一
東京都新宿区矢来町七一
電話　編集部(〇三)三二六六―五四四〇
　　　読者係(〇三)三二六六―五一一一
http://www.shinchosha.co.jp

価格はカバーに表示してあります。

乱丁・落丁本は、ご面倒ですが小社読者係宛ご送付ください。送料小社負担にてお取替えいたします。

印刷・株式会社三秀舎　製本・株式会社大進堂

ISBN978-4-10-220086-5 C0197